O BARULHO DO FIM DO MUNDO

O BARULHO DO FIM DO MUNDO

Denise Emmer

1ª edição

BERTRAND BRASIL

Rio de Janeiro | 2023

CIP-BRASIL. CATALOGAÇÃO NA PUBLICAÇÃO
SINDICATO NACIONAL DOS EDITORES DE LIVROS, RJ

E46b Emmer, Denise
O barulho do fim do mundo / Denise Emmer. - 1. ed. - Rio de Janeiro : Bertrand Brasil, 2023.

ISBN 978-65-5838-165-5

1. Ficção brasileira. I. Título.

22-81523 CDD: 869.3
CDU: 82-3(81)

Gabriela Faray Ferreira Lopes - Bibliotecária - CRB-7/6643

Copyright © Denise Emmer, 2021

Texto revisado segundo o Acordo Ortográfico da Língua Portuguesa de 1990.

Todos os direitos reservados.
Não é permitida a reprodução total ou parcial desta obra, por quaisquer meios, sem a prévia autorização por escrito da Editora.

Direitos exclusivos de publicação em língua portuguesa somente para o Brasil adquiridos pela:
EDITORA BERTRAND BRASIL LTDA.
Rua Argentina, 171 — 3º andar — São Cristóvão
20921-380 — Rio de Janeiro — RJ
Tel.: (21) 2585-2000.

Seja um leitor preferencial.
Cadastre-se no site www.record.com.br e receba informações sobre nossos lançamentos e nossas promoções.

Atendimento e venda direta ao leitor:
sac@record.com.br

Sumário

O banho	13
Eu, a casa	19
Tango	25
A mãe	37
Eu e o tuberculoso	43
O primeiro monstro	51
Lanterna	61
Sinfonia de uivos	69
Dispneia	77
Os descobrimentos	81
O cisne	93
A cova rasa e a avó...	101
Sois Vós?	113
A bailarina	123
Entropia	139
Nota da autora	159
Dados da autora	163
Obras	165

Que barulho é esse que estremece a noite?
É a felicidade dos pulhas que habitam os extremos.

Esined Remme

Para Salim Emmer, meu avô, o encantador de flautas.

(*in memoriam*)

Para Guilherme de Freitas Dias Gomes, meu tio,
o poeta sem tempo para nascer.

(in memoriam)

O banho

As folhas esvoaçavam no alpendre enquanto ela passava arrastando seus andrajos. Carregava em uma das mãos um saco de dejetos tão malcheirosos que eu precisava fechar minhas janelas para não ficar enjoada. Na outra, segurava uma pedra do tamanho de seu ventre prenhe. A prenhez já era notória, apesar das longas saias encardidas que, decerto, a arredondavam de maneira tão assimétrica que se podia apontá-la como um pequeno balão queimado. Fazia parte. Lavar e bater e pendurar nos varais suspensos a roupa da família. Descascar as batatas e cozinhar o milho e separar o feijão sobre a pia. Deixar as tiras da massa para secar enquanto pisava as uvas com os pés descalços e inchados. Varria a poeira para debaixo das sombras e por lá ficava um tempo, com a cabeça enfiada numa caixa onde a noite não clareava nunca. E chorava rios turvos que desembocavam no seu quarto de três paredes. Por vezes, alisava o ventre com movimentos circulares, para que se movesse feito planetas. Entoava melodias feito lobas chamando filhotes. Mas ainda haveria de limpar os canos de esgoto dos banheiros, e acender uma flor sobre os vasos sanitários e deixá-los como se jamais houvesse excrementos ali. Pensava sentenças amenas e frases felizes, como se as palavras todas fossem dignas de um dicionário de elegâncias e belezas.

Quando tudo descansava, ela aproveitava o luar dos postes e voava para o pequeno quarto. Deitava-se sobre o colchão de palha velha e recostava sua cabeça num tijolo cinzento. A respiração curta, de fadiga e de desalento, enchia seus pulmões. Duas pequenas azeitonas prontas para chorar edemas. O corpo franzino cabia num saco de tubérculos, que, na hora de dormir, ela vestia por cima de sua frágil ossatura. Assim, entregue à dureza do chão, olhava para o nada como se o nada fosse o seu grande futuro. E os olhos perdiam-se nas profundas miragens vazias da própria alma.

Amiudinha indagava-se por onde deveriam vagar seus pensamentos para que pudesse correr sobre as encostas dos morros. E em que reta seguiriam seus olhos para avistar uma ponte para o sol, com mãos a empunhar um florim de vento. Perguntava-se quando haveria de ter coragem para contar à mãe sobre a barriga de lua crescente. O nariz adunco, os lábios finos ressecados, os cabelos desmaiados que sequer a brisa penteava. E o corpo de moça menina, metido nos vestidos que ninguém mais usava, mas que ela vestia sem que lhe assuntassem o gosto. Esses, os restos que lhe cabiam. Restos de tardes entre frestas de sol baixo. Restos do jantar e das músicas dançantes que ela ouvia da cozinha sem sequer se aproximar dos festejos da sua pequena família. Enquanto sua mãe arrastava-se com seu padrasto em um tango desleixado, sem aprumo, ela os observava atrás do armário.

Podia-se dizer que sua vida se resumia a olhadelas de cantos. Atravessava a sala como se estivesse indo para o outro lado do mapa, ninguém a via, a não ser quando equilibrava na bandeja os copos com vinho tinto ou uma tigela com a pasta do jantar. Quando fatiava o queijo, somente suas mãos ressaltavam. Jamais seus lábios de dois fios. Jamais o seu pensamento relevava. Seus olhos circunflexos reticentes a desejar um outro para olhar.

— Amiudinha, prepare o banho de Papá! Ele já se vai deitar. Sais e cheiros de florezinhas das calçadas por onde as moças urinam. Ele gosta assim.

A ordem da mãe vinha do andar de cima, onde se deitava com ele, para as calenturas íntimas.

A moça tratava de apertar a barriga contra um muro para que diminuísse e a enrolava com muitos trapos para arremedar gordura. Ela, menina magra de ossos aparentes a apontarem nas ancas largas e nos joelhos, dos cotovelos de asas depenadas, já seguia escada acima para o banheiro. Com tantos mandos e desmandos, levava uma pedra na mão esquerda. Uma pedra para juntar-se aos estranhos aromas do banho. Uma pedra para ribombar na água. Para estourar o crânio do padrasto em pedaços vermelhos. Um pensamento que escondia dentro dos subterrâneos. Mas não. No lugar da pedra, uma toalha branca. E um sabão com cheiro de fumaça. E uma escova com cerdas de prego para limpar as costas ásperas e peludas. Uma tesoura feita para crina de égua era usada para aparar as sobrancelhas grossas e os pelos que saíam das narinas. E, assim, alçava os degraus passo por passo até o fim da escadaria, a equilibrar os objetos sem nexo.

— Mulher! Onde está a menina para me banhar?

Ele urrava como um trovão do curral escuro.

A voz tão alta e grave fazia-me tremer batentes. Minha chaminé já esperava o relâmpago a seguir. Minhas paredes vibravam como corpos com frio.

— Já se vai, homem! Te aquieta e aguarda!

A mãe não se apiedava e seguia com seus fazeres supérfluos. Amiudinha, frente à porta do banheiro, deu três batidas leves.

— Entra, imprestável! Não vês que estou na água?

O coração galopando quase a saltar-lhe à boca como um potro, o corpo trêmulo que por pouco não enverga com o vento dos corredores. Ela abriu a porta e despejou as coisas todas sobre o piso de granito e correu, correu, correu a tal velocidade que pegou voo nos sopros e abriu as asas na janela aberta. Como fazem os aviões que, de tão velozes na terra, ganham o céu.

Eu, a casa

Eu ventava meus telhados. Deixava a noite com seus corvos e fantasmas açoitarem meus tijolos. Doíam-me as paredes altas, como ombros de homens que carregam o mundo. Quase levitava, não fosse eu uma casa de 200 anos que abrigou gerações de infelizes e ladras e canalhas com dentes de ouro. Então, eu abrigava uma pequena família que me corroía até os alicerces.

No alto de uma colina de gramíneas, reinava absoluta num raio de muitos quilômetros. A construção mais próxima não se mostrava à vista. Portanto, os acontecimentos não reverberavam no mundo, e as leis eram as dos mais nefandos humanos. Respirava, assim como o pulsar das nuvens, e brisava em meus corredores compridos cantando um vento agudo de cães noturnos. Por meus salões, capas de déspotas monarcas já se arrastaram em tempos de brasões e hipócrita grandeza. Duelos de espadas rasgaram os ares da quinta. Também, a desigual miséria dos vassalos deformados e dos enfermos, que rastejavam pelos pisos ao redor da grande mesa farta. Tantos boquiabertos a suplicarem os restos de comida, de ossos e de peles, e as migalhas cuspidas no chão ou atiradas como diversões sórdidas para a boca dos desprovidos.

Houve ainda um tempo de cantigas. Um mestre com seu piano esvoaçado fazia-me cerrar as pestanas das minhas janelas para sonhar as cores das harmonias. Nessa época, as árvores cresceram de tantos assobios, as sementes germinaram como luzes da terra, as orquídeas abriram-se como lábios, os pássaros acasalaram ao redor de meus telhados. Foi o tempo dos amores declarados, aqueles dos beijos no infinito e das cópulas no eterno. As melodias do meu mestre alcançavam os extremos do céu, lá onde mora Deus. Minha chaminé exalava a fumaça do arco-íris quando, no salão, de um prisma sobre o aparador, nascia o espectro da luz.

Uma discípula vinha de longe para saber do mestre os ensinamentos das teclas, o segredo das mãos sonoras. Adoravam-se enquanto tocavam, ele a olhava como quem encanta uma presa, para depois abraçá-la contra portões escuros e adoçá-la com beijos explosivos a cada noite que ela se rendia. Ardiam nas madrugadas do intenso verão. Quando, após o amor, ele executava mazurcas e sonatas e fugas apressadas, ela ainda o esperava para confundirem suas sombras e seus cheiros de suor e madeira envernizada.

E veio o circo. Desembarcou de um trem sem rastro sobre meus terrenos verdejantes. Era um povo de cabelos negros e olhos de feitiço. Alguns não tinham rosto, eram vultos mágicos. Adentraram, equilibrando luas nas pontas dos narizes, enquanto as mulheres balançavam os quadris ciganos com tal volúpia que os touros empinavam. E os domadores de leões os puxavam pelas jubas douradas, enquanto meninos indianos galopavam em girafas. Um jovem casal de negros retintos arremessava espadas e as aparava com a própria língua. Atrás do cortejo, os elefantes acompanhavam o ritual de um lento sonho. O ritmo dos cavalos ditava as frases do violino, e os anões chegavam pelas nuvens. Eu abri minhas portas e portões de ferro. Escancarei as janelas e as claraboias, soltei os fantasmas dos sótãos e frestas. Por um bom tempo, achei que seria feliz. À frente do séquito, os palhaços arremessavam bolas com o desenho do mundo, chutando os destinos para escanteio. O que mais poderia um circo, senão pintar minhas paredes com as poesias dos bufões? Subi à condição de um cenário. Eu me orgulhava tanto de ser quase um teatro que abria os portões para os atos de um drama. Havia uma mulher. Que mulher aquela! A mãe de todos, a que inventava histórias de valentias obstinadas enquanto voava por meus quartos, salas, varandas, corredores. Também escrevia o texto dos palhaços para fazer a plateia morrer de tanto chorar. Enredos de amores excêntricos, de paixões impossíveis e arrebatadas, de encontros extravagantes sob luares de cartolina. Ela dançava o Zorba enquanto ditava suas histórias aos escreventes de plantão. Seu nome, Luar. E o circo Clarão de Luar aterrissava suas fábulas em meu corpo de casa cansada e pintava meus salões da cor dos tigres. Meus telhados, com o matiz das esperanças.

— Respeitável público! Eu vos apresento o grande teatro dos arruinados! Vereis uma história de intrigas, uma teia ardil entre facas que se cruzarão sobre as cabeças das personagens prontas para morrer do amor mais odioso. Esperai!

Na marcha elegante, dois cavalos brancos abriram as cortinas bordôs.

A atriz adentrou o tablado de lenho velho e discorreu o texto:

— Meu nome é Tola. Sou muitas em uma alma só. Quando é dia, clarão, acendo os quartos soturnos. De noite, me transformo numa saia rodada e ponho-me a dançar com os bêbados.

— Cínica! És bruxa trapaceira. Jogas dados com os mortos! Bem sei de ti e tua rota.

— Cala-te, alcoólatra do inferno. Se não, sangro teu peito com os cacos afiados da garrafa.

— Antes que me fure o peito com tua adaga de vidro, eu, teu marido traído, incendeio tua veste lasciva. Arruinado já estou e não me resta nem um passo a mais nessa vida.

"Oh!", interjecionava o público de peões, boquiaberto, atento ao passeio trágico.

Ensaiou abrir a bocarra para cuspir fogo na mulher quando ela proferiu um glossário de agouros e invocou os espíritos peçonhentos. Ele curvou os joelhos e tombou volátil, qual uma ave aquática. Agora, derramado no chão, o que restava dele? Uma poça de cachaça. Foi no que ela o transformou, numa poça de aguardente ordinária.

Na plateia, o povo simplório das redondezas esbugalhou os olhos, sem crer no que o teatro revelava, quando os cavalos brancos, agora em galope ligeiro, fecharam as cortinas rapidamente.

Eu quase entorpeci pelos batentes e por pouco não adernei minhas muralhas.

Tango

— Aonde te enfiaste, Amiudinha? Venha cá limpar meus chinelos! Varrer o chão do quarto e vassourar o teto carregado de teias de aranha. Matar a galinha para a janta e separar o sangue para o molho pardo. Arrumar a mesa com a toalha rendilhada e o faqueiro de cobre e as taças delgadas. Venha!

Lagartixas nervosas corriam pelas paredes.

De dentro da gruta da árvore, ela ouvia os gritos da mãe. Agachada, a abraçar o próprio corpo, tremulava de frio. O vento soprava do sul e desarrumava a folhagem. Vinha gelado com a lua nas costas e parecia um vulto branco. Na casa das corujas, estaria mais abrigada do que na cozinha, decerto. E aquele chamado imperioso a fez lá ficar, sob as asas do pássaro noturno, que piava canções de assombro em seus ouvidos. Ela decifrava a poesia do mocho, sobre aparições de aves sem olhos e duendes sem cabeças. Ou versos sobre cachorros desamparados e seres excluídos. Ajeitou-se na casa da ave e quase já não sentia frio. Ficava melhor com os animais do que com os humanos. Estes, lhe deviam a vida íntegra de moça menina a querer voar em desejos e beber a água mais límpida dos riachos. Mas era a filha da solidão que agora se enrolava em trajes velhos. As saias mofadas da avó já falecida e o blusão que já não servia.

Acariciava o ventre e o imaginava um grande balão a caber o mundo, que haveria de ser o filho. Como seria se a barriga lhe saltasse da roupa e revelasse o pássaro menino que vivia dentro de seus líquidos? Ou quando as comportas do seu corpo se abrissem e espirrassem sua cria? Porém, agora, ele seria pouco maior do que uma vírgula, da dimensão de um ponto na frase. Seria já um coração latente e ligeiro. Sim. Galopando dentro dela, desenvolvendo sutilezas a cada dia.

Ela desceu da árvore arranhando os bracinhos magros. Cabisbaixa, voltou capengante para dentro de mim. Sem palavras, sem choros, sem desejos, sem futuros. Passou as mãos pelos cabelos muito curtos. Tirou-os da testa para melhor distinguir as mesmas coisas de sempre. Nada mudara. Logo após o jantar chegaria a hora do tango bolorento de sua mãe com o padrasto. E como ela odiava isso.

O casal entrelaçava as pernas ao ritmo da música. Veias azuladas saltavam de suas carnes frouxas. O abdômen do marido mal continha-se na casaca, e os botões se abriam na pressão do ventre avantajado, enquanto a flatulência fétida empesteava meus recantos e madeiras.

A dança patética, que arrastava botinas encardidas e sapatos de saltos tortos pelo assoalho, arranhava meu piso encerado pela menina, durante tardes e tardes a fio.

Os corpos oleosos em contato. Os joelhos de ambos comprimidos. Face a face, ela, à direita e vacilante, tentava a ponta de pé, enquanto ele chutava seu calcanhar.

— Segura-me, mulher. Vou desabar sobre teu corpo!

A postura rígida, que tentavam em vão manter, desencadeava movimentos dramáticos, arrastados, que os tornava um par de predadores com desejos ocultos de tortura e sadismo. Da vitrola velha, saía uma música de ritmo marcante, onde o bandoneon bradava um desespero cortante. O violino, gritos agudos de mulheres espancadas, e, a flauta, o choro dos pássaros sem penas.

Eles gargalhavam com histeria e deboche de si mesmos. Sabiam-se canastrões na vida e disso se orgulhavam. O pecado lhes cabia como luva a ponto de desdenharem dos santos e dos benfeitores. Rogavam pragas nos descendentes sanguíneos, para que jamais alcançassem a derradeira alegria da plenitude dos seres. E, após a embriaguez da dança, subiam minhas escadas rumo ao quarto. O deus de chifres deitou-se na cama, enquanto, ela, insana, o despiu. Mergulharam em seus corpos abrasados.

Amiudinha, de frente à pia a lavar panelas, os escutava. O turpilóquio que proclamavam em alto som a constrangia. E ela, desassossegada, ensaboava a esponja nas panelas engorduradas e batia umas contra as outras para provocar barulhos. Para que ouvir a narração da cópula de sua mãe com o padrasto? Melhor seria escutar a colisão dos alumínios, das louças contra o mármore, da água da torneira a escorrer como descarga em seus ouvidos. Melhor que fosse surda e ouvisse apenas as palavras de sua mente. As melodias dos sonhos e os contratempos da respiração. Antolhos para não ver. Algodões para jamais ouvir o que não lhe aprazia. Como fugir de uma cozinha onde as paredes eram uma prisão? Não era a toda hora que pegava o voo nos ventos. As pernas em desalinho, a direita mais curta, a impediam de sempre correr. Então, ela coxeava como uma cabra malnascida capengante nos brejos.

* * *

Eram aqueles os anos de mil e novecentos e cinquenta e mais.

A parteira chamou o pai.

— Nasceu! É menina, vem ver!

Ele olhou mãe e filha por um breve tempo.

— Esperava varão, mulher. Um primogênito macho. Mas você teve uma fêmea?

Mediu o recém-nascido, dos pequenos pés até a cabeça ainda amassada.

— Uma perna é menor do que a outra! Um aleijão! Vai ser manca na vida... Vai-te com ela para os raios que as partam! Adeus.

— Não vá antes do batismo, homem! Que nome lhe dou?

— Nome de coisa pequena ou de coisa nenhuma. Miúda. Chame-a de Miúda.

Bateu a porta do quarto e sumiu na sombra da tarde nebulosa.

A mãe até que tentou amá-la. Amamentou-a por poucos dias, quando logo o leite secou e a menina mamou leite de pedras. O nome, escolhido pelo pai, parecia rogo de praga. A criança não crescia, tampouco engordava. Não tinha bochechas rosas, pouco balbuciava. Mas compreendia tudo o que se passava. O abandono do pai, a vaidade da mãe e o desejo de ver-se livre do estorvo. "Viverá para servir-me, então." Conformava-se. A despeito do seu crescimento demorado, ela pegava jeito de gente e o pensamento era ágil, os olhos atentos, a imaginação além dos planos mundanos. Não seria como as outras, mas espichava na medida que lhe cabia. Haveria de ter o dinheiro suficiente para se alimentar e se vestir e mais tarde poder criar a própria história. Mas não. Acabou se tornando a agregada que trajava andrajos e comia sobras. Ao dar os primeiros passos, sozinha, sem a mão protetora da mãe, capengou e sangrou a testa contra os seixos do meu gramado. A tudo eu via e chorava pelas trepadeiras umedecidas dos muros. Um objeto colonial impotente, o que eu era. Presa na imobilidade de minha condição de coisa. Edificação no meio do mundo, isolada, para que ninguém jamais ousasse me saber vivo elemento de concreto. Minha fachada de pedras sobrepostas, seria o meu silêncio diante dos episódios que se passavam. Quero dizer que, em mim, as pedras franziam as testas. Dos batentes de madeira das minhas inúmeras janelas, escorria um soro de salgada tristeza.

Miúda crescia, mas sempre tão pequena, que a mãe lhe chamava de Amiudinha, para qualificá-la ainda menor do que se poderia. Por pouco tempo ficaram sós. As duas, mãe e filha. Certo dia, um vendedor de sapatos velhos me bateu à porta.

— Sapatos velhos! Sapatos velhos! Vendo sapatos raros, um par que pertenceu a um grande presidente! Que o diabo o conserve ardendo na fervura. Vendo sapatos! Os mais velhos e ilustres!

A mãe abriu-lhe o portão de ferro. "Entre, te faço um café..." E ele por lá foi ficando, seduzido, atraído pelos olhos de sereia decadente da mulher. Já na sala tirou as botinas e as meias fétidas. Achegou-se no quarto de casal e não mais saiu até que a volúpia da mulher fosse satisfeita. Depois de algumas horas, quando proferiu suas barbáries, desceu as escadas arrotando o vinho e ditando mandos. À noite, sua roncaria espantou as almas e seus panos. Estava decretada a tirania em minhas cercanias. O tipo encontrara a vida folgada que decerto pretendia. Abandonou em meio à sala de jantar o alforje com as dúzias de sapatos usados, para que mofasse junto às cadeiras e à mesa de refeições. A menina, sem que lhe dessem pipas ou dados, brincava com os sapatos bolorentos espalhando-os pelo chão. Nas mãos da miúda, eles transformavam-se em cavalos dóceis em que ela montava contente. Ou bonecas que ninava até dormirem em seu delicado colo. Eram tantos que decidiu batizá-los, somente dois, com os nomes dos amigos de seus sonhos. A sandália trançada chamou de Peralvilha, e a bota cano curto de cor opaca, por Moromedes. Peralvilha e Moromedes foram morar no cubículo do segundo andar. Para eles, ela pronunciou as iniciais palavras e compôs as primeiras frases, sem que ninguém as soprasse, apenas por sua aguda percepção. Os dois pares de velhos sapatos eram companhia, distração e aconchego. Numa noite em que a lua declinava amarela no horizonte das serras, ela os adotou como irmãos. Colocou-os na beirada da janela frente a frente e os declarou unidos, no instante em que a lua desceu no mundo e surgiu a nuvem rubra do sol.

À medida que se desenvolvia, a menina foi tomando o lugar imposto pela mãe, o de servir e limpar e arrumar e varrer e cozinhar e cozer e levar o vinho e carregar pedras e tirar as teias de aranha e enxotar os ratos e matar as baratas e afugentar as cobras e lavar roupas e... preparar o banho do padrasto. Ao fim do dia, sempre exausta, ela subia para o quartinho e dormia abraçada aos irmãos.

Peralvilha e Moromedes já haviam encarnado uma alma e, como eu, transcendiam à condição de objeto. Eram mais. Se Amiudinha assim os imaginava, seriam seres animados dotados de visão e piedade. Assim como era o piano para o mestre, com a cauda a respirar o movimento das mãos, e as teclas a intercalarem soluços e júbilos. E é desse modo, quando os humanos emprestam seus espíritos aos artefatos, que estes lhes serão fiéis como cães de cegos.

* * *

O saco de lixo pesado sobre as costas frágeis acentuava o desequilíbrio dos passos da menina. Ela caminhava manca para além dos portões, até a rua alta do esterqueiro. Por lá, algumas vezes, passava gente.

— Chame sua patroa, vendo ataúdes. Também estrelas esquifes.

Amiudinha, após despejar o lixo, subiu em minha direção. O homem curto, de terno escuro, andar pequeno e cara macilenta, a seguiu.

— Mamãe! Há gente aqui para vender eternidades.

— És a filha?! Pensei-te a serviçal!

— Minha senhora, faço-te a melhor oferta para pagar e garantir uma vaga no infinito. Escreve o epitáfio, ou aponte e escolhe a estrela onde desejas vagar em teu perpétuo. Por mim, serás imortal junto a tua família. Isto posto, havemos de ver um mausoléu ou até um aglomerado estelar...

— Cala-te! Vai-te daqui, cão abutre! Senão taco fogo em tua alma!

— Perdoa-me, senhora, mas nem queres ver os modelos de rococós pintados por querubins, ou mesmo com teu retrato para que te lembrem *ad aeternum*? Antes que findes sem adiantar nas providências e não vivas o prazer de saber como será tua forma na eternidade.

Jogou o portão contra o homenzinho de terno turvo, sem dar mais conversa, e adentrou-me a sala.

— Mamãe, não vais comprar tua morte?

— Como irei comprar a morte se não paguei a vida? Esta casa, estes móveis que haverei de quitar um dia. Trate de varrer a varanda e não me chames de mamãe!

Amiudinha começou então a varrer a varanda, folha por folha, lentamente, como se para adiar o tempo e adiantar a noite, quando haveria de ter com seus irmãos sapatos e contar-lhes os acontecidos, recostar o cansaço de seu frágil corpo no couro de cheiro antigo e familiar. Sorte ter irmãos que não mancavam como ela e davam variados passos da porta à janela. Na pior das hipóteses, fariam um buraco na sola de tanto caminhar em círculo, mas a menina não os calçava de tão grandes. E imaginava que pés os teriam usado. Peralvilha contou-lhe sobre os pés de mulheres que vagavam nas calçadas da noite e depois lhe descalçavam ao deitarem-se em camas redondas em ambientes luminosos. Pareciam constelações no teto, mas por que então os gemidos remetiam a dores tão profundas? Como poderia, pensou a sandália, vislumbrar astros e tanto soluçar? Amiudinha não soube explicar e Moromedes, por sua vez, manteve-se calado. A bota que peregrinou léguas no mundo das terras batidas e das trilhas enlameadas das ruas sem asfalto haveria de guardar seus inúmeros matizes de tristeza e solidão.

A mãe

Ao amasiar-se, não tinha intenção de formar família, nem mesas postas queria, nem jantares dominicais com sogros e cachorros, bolos confeitados, festejos de solstícios, gatos domésticos, luz de velas, flores na quinta, plantar árvores para contar o tempo de uma vida, livros sobre a cabeceira, santos nas soleiras, cheiro de pão torrado, perfume das plantas da noite. Somente um grande espaço em branco desejava para ter as maiores liberdades com o homem que encontrou um dia em um bar quando embriagavam-se e assim mais tontos ela o levou para dentro de meus limites. Um dia, sentiu náuseas das lavandas ordinárias que usava e também das calças suadas do marido, e do bafo da tarde bolorenta, e dos armários abertos e das coxas peludas dele, e do vento a trazer a maresia longínqua, e da respiração dos povos, e da água, e da atmosfera. E o sangue do mês não lhe desceu pelas pernas.

— Homem, estou prenha. Enfia teu braço em meus fundos e tire a criatura.

— Não posso. Vais pari-lo. Homem-feito, será o meu suplente e ficarei à deriva, ao sabor dos vinhos. Levará o meu nome. Seus braços carregarão o mundo para mim. É para isso que servem os filhos machos. Para andar à frente das alas.

— E se nascer uma rachada?

— Abandono-te. Mas será macho pois é o primogênito.

E a gravidez foi uma sequência de contrastes, choramingas, desencontros e iras. Frente ao espelho, ela via um hipopótamo de longos cabelos castanhos. Os imensos seios chegavam antes nos lugares e já espirravam um líquido que lhe molhava a blusa. Nauseada, vomitava em qualquer canto o alimento que engolia a contragosto, misturado com o suco biliar e outros resíduos orgânicos, decerto a cólera em meio à saliva preguiçosa aderente à língua, e a boca de hálito fétido. Não desejava a cria, e andava sobre tapetes chutando a poeira e maldizendo os dias, contando o tempo restante para livrar seu corpo do estorvo que carregava nas entranhas, deixando-a com um leve ar de bruxa, ou até com o semblante de uma assassina potencial.

Os vestidos já não lhe cabiam, assim, usava as camisas largas masculinas. Mas não se conformava. O corpo a crescer para os lados, bem como as pernas e os pés a incharem a ponto de não poder mais calçar. Patética e ranzinza, o marido pouco suportava as alterações de seus humores. Ora gargalhando, quando, com ele, bebia garrafas e garrafas de vinho. Ora resmungando pelos cantos a dar pontapés nas mobílias remotas. Um dia, sangrou e comemorou o provável aborto. Ele a deitou na cama de casal e a obrigou a lá permanecer até o dia da paridela. Assim foi.

Minhas janelas abriam e fechavam, como olhos piscando rapidamente, quando os pássaros de agouro pousavam nos batentes feito avisos do porvir de fundas tristezas. Nalgumas noites, a lua batia nos vidros com sua barriga de crateras. Noutras, eram as vassouras que voavam sozinhas, sem suas bruxas montadas. E a fetação foi assim, com períodos de tédio e de aparições, enquanto ela amaldiçoava o momento em que o óvulo e o espermatozoide se uniram contra ela e lhe implantaram uma criatura dentro de seu corpo. Indesejada. Intrusa. Malquerida, fosse o que fosse, pois haveria de aturar para toda a vida, para todo o sempre, até os restos de seus dias, alguém que sequer conhecia. Não representa conhecer, tal qual alguém que se instala deliberadamente em sua casa. Usa de seus líquidos, come de sua carne, sorve de seu sangue. Não é o real desejar uma presença inoportuna jamais programada e aquém de seus planos de ser livre, e continuar a dançar freneticamente no ritmo dos sambas e dos tangos. Flanar pelas mesas dos bares na busca de mais volúpia. Estar liberta para beber até o cérebro festejar os limites da alucinação prazerosa da inconsciência. Para os infernos todos os tribunais que a condenavam, assim como o seu maltratado fígado no dia seguinte ao porre. Importava-lhe ter o livre-arbítrio de ansiar ou não pela paz ou pela guerra. Assim, pretendia o mundo. E, agora, com o corpo a não mais lhe pertencer e a inflar a contragosto, a agir autônomo sem lhe consultar sobre as próximas decisões ou o aumento de seu vulto frente ao espelho, ela metamorfoseava-se a cada momento em que se mirava infeliz.

E foi quando andava pelo quarto, que uma estranha água lhe escorreu do ventre, encharcando os seus pés inflados e descalços.

Seria o instante divino quando as mães comemoram o início da chegada mais querida daquele que desejou abraçar e amar para todo o sempre? O filho. Para ela, entretanto, uma sessão de tortura se inaugurava, quando dores agudas e intermitentes iniciaram o castigo.

Ficou desperta em plena consciência para acompanhar o desenlace da cena maior. O parto. Lembrou-se de sua avó a falar de anjos que voavam ao redor de si enquanto paria. E alguma melodia vinda dos primórdios da criação a entreter a mãe santa. "As mães são todas santas marias quando parem", dizia-lhe a avó longínqua. Porém, ela nada via além das paredes descascadas do quarto. Nunca a melodia, mas os gritos da parteira para que expelisse com força o feto de seu útero. Não foi difícil, a considerar as ancas largas de mulher parideira, que era sem o desejar. Logo o feto escorregou da vagina como se de um tubo de mel e sangue.

— E é o que a criatura? Dize-me logo antes que eu enlouqueça!

— Fêmea! Uma menina para criar e ter por companhia na busca de bordados e primaveras e batons carmins. Tens muita sorte. As filhas são das mães. Os netos também.

— Praga!

Resmungou para si mesma, virou para o lado e adormeceu indiferente.

Eu e o tuberculoso

Certa vez, antes da sórdida família que ora me reside, chegou um homem pálido com um pássaro dentro do casaco. Vieram das longes cidades, a procurar o ar purificado da serra. Encontraram-me para refúgio e cura. Minha localização no alto da colina, meus cômodos ventilados, os corredores arejados e os pinhos soprando a pureza da atmosfera seriam os ideais antídotos para seus pulmões frágeis. Trazia pouca bagagem e muito silêncio. Arrumou-se no cômodo do andar térreo para evitar a escadaria. Com vagar, andava por meus quintais, e, sempre que lhe faltava o ar, o pássaro respirava por ele e soprava-lhe a vida pela boca enquanto piava árias. Foi um tempo de refúgio.

Quando não caminhava aos lentos passos que o corpo lhe permitia, ficava recolhido no cômodo maior, sob as cobertas e a tremer de febre.

A febre. Acometia-lhe na hora do crepúsculo quando o sol se deitava e ele pressentia estrelas frias a pingarem do teto como estalactites. E, enquanto sua testa ardia, uma sequência de tosses lhe assaltava o tórax esfalfado. Em seguida, vinha o sangue segregado dos pulmões desfeitos. Depois, o ar que buscava nos vapores inalcançáveis. E era nessas horas que o pássaro, de dentro do capote, vinha lhe dar a respiração que faltava. Soprava as plumas para dentro de suas vias enquanto batia as asas brancas até aquietar seu peito exaurido.

Não à toa relato esses espasmos. Mas para compreenderes, leitor, a família que ora abrigo.

Seguia o tempo aqui entre piares e lufadas de hemoptises, a alastrarem por meus salões as bactérias. O magro homem de nariz proeminente, lábios sempre avermelhados e palidez de espectro não se expandia em palavras, tampouco sorria para o meu jardim. Por vezes, as flores lhe cantavam poemas, mas ele ouvia arrepios. Os mesmos que o faziam tremer nos fins das tardes até a madrugada vagarosa. Quando abria a manhã em claridades de azuis, ele custava a levantar-se do leito aquecido. Depois, andava macambúzio pelos campos, com o pássaro guardado. Não fosse a ave curativa, ele morreria de sufocamento decerto, a poucos passos do portão. E não haveria braço para ampará-lo ou mesmo a respiração de outrem para o salvamento boca a boca como fazem com os afogados. Por vezes, sentava-se sob uma árvore de frondosas folhagens que lhe abanavam um lenço alcalino. A brisa acalmava o seu peito de respirações ligeiras e nervosas, mas a tosse o acometia em sucessivos engasgos, enquanto o tórax ardia esgotado. Tirava o pássaro do bolso e o colocava na boca para que ele soprasse o ar que já não tinha, e, que, a cada dia, lhe faltava, quando pelos caminhos deixava a marca de seu sangue expelido. Pegadas vermelhas vindas dos seus lábios ressequidos. Um traçado que levava a algum lugar onde descansam os enfermos sem crença.

Um dia, não muito distante de sua chegada, ele desapareceu das minhas cercanias como se jamais houvesse estado. A porta do quarto fechada e as janelas abertas indicavam que o pássaro havia voado para o nunca. Somente o casaco estirado sobre a cama, com algumas penas na lapela e nada mais. Vestígios de uma partida serena para as alamedas frias da eternidade.

Mas as bactérias, ah... Essas permaneceram hospedadas em todas as quinas e vértices e arestas e cantos de minhas dependências. A Mycobacterium tuberculosis impregnara nas cortinas, nos ombros dos tetos e no sopro das vidraças. Eu estava enferma, minhas salas inflamavam e meus quartos sufocavam sem ar. O bafo que pairava nos ventos dos corredores era o mesmo do homem que lançava sangue pelas ventas. Quem haveria de querer-me para moradia e aconchego, se eu era a grande tísica que contaminava os passantes de outros caminhos? Qual família se hospedaria no lar que exalava micro-organismos letais, que abateriam até um rato? Ao longo dos meus muros cresceram-me trepadeiras. Das árvores, caíam as folhas que, amontoadas nos quintais, entravam sob as soleiras das portas entreabertas. Por um tempo chamaram-me de assombrada, pois o uivo agudo saído das frestas espantava até os moribundos.

E permaneci alguns anos na solidão. Assim, empesteada, até os ventos e as águas curarem a minha desventura com chuvas sazonais e clarões de luar e brisas de cordilheiras longínquas e tempestades elétricas sobre meus telhados e piares de aves matinais a me acordarem do sono das febres. O arco-íris a me abraçar no crepúsculo, as nuvens a trazerem-me os navios do espaço, os barcos do céu baixarem suas estrelas-âncoras sobre minhas terras secas, a providência desembarcar os anjos em meu condado e os deuses soprarem-me uma lufada de existência.

Mina da vida que me escasseava para novamente respirar a natureza e a alegria de existir. Apesar de ser feita da fria concretagem, havia um coração a pulsar em algum tesouro secreto.

* * *

Eis que veio ver-me um casal de embriagados. Ela, displicente, trajes curtos a revelar pernas compridas, nádegas caídas. Cabelos presos num coque despojado. Batom vermelho e ruge. Muito ruge. Ele, barriga à mostra na blusa que rompia os botões. Sobrancelhas grossas cobertas pelo topete oleoso. Nariz vermelho, bochechas gordas e olhos inchados. Barba mal talhada entrando pelo pescoço. Cada qual levava às costas um saco de roupas e quinquilharias. Dividiam uma garrafa de aguardente, quase álcool puro. Abriram meus portões sem receios de cães ou de proprietários.

— Entre, entre, mulher! Quem há de morar aqui nesse abandono?

— Nem os cachorros sarnentos, só os ratos!

— Os ratos haveremos de cozinhar!

— Só nos falta o fogo, álcool já temos engarrafado.

Riram de si. Gargalharam enquanto entravam com seus sapatos mais sujos do que o meu chão antigo.

— Banquete de ratazanas! Quem sabe uma jiboia bem gorda, com uma lebre no estômago.

— Homem, assim me fazes salivar de tanta gula!

Oh... Jamais senti-me tão humilhada e em profunda melancolia. Mas, o que de melhor poderia pretender, diante de minha penosa convalescença? Quem sabe, diante dos virtuosos salões e dos pés-direitos a entortar pescoços, eles não se amoldariam à minha perdida realeza? E, assim, pretendessem os belos trajes, os velhos vinhos, a nobre culinária, gestuais clássicos de um quase balé. Sabe-se lá? E, assim, a música do meu mestre voltasse a ecoar dos meus alpendres até a cordilheira mais distante e fizesse dançar as cabras e balançar os pinhos das encostas. Novamente. E eu poderia ranger de alegria, como nos tempos do circo Clarão de Luar.

Mas o casal, para enricar, vendia minhas madeiras maciças vindas dos mais nobres eucaliptos e das florestas de pinhos dourados, que moravam nos corações da natureza. Assim, o conforto lhes deixou mais gordos, enquanto eu esmaeci e tornei-me um esqueleto de alicerces.

O primeiro monstro

Miúda, na borda dos 14 anos, apesar de manca, tomava formas sutis de quase mulher. Os seios despontavam na blusa. Par de frutas frescas apontadas para a Lua. As ancas abertas, desenhavam na saia um contorno promissor de fêmea, e as nádegas já anunciavam sutil presença. Do rosto, nada de singular ou belo, mas o brilho da adolescência camuflava o nariz adunco e os lábios afilados a revelarem dentes frontais. Seus cabelos, a mãe os cortavam a faca, sempre curtos, para que não caíssem os fios nas panelas. E, ao longe, sua aparência confundia-se com a de um garoto franzino. Trabalhava como uma escravizada para a mãe e o padrasto. Só assim que lhe aceitavam e permitiam que usufruísse de teto e comida. Entretanto, o mais penoso era preparar o banho dele, temperá-lo a gosto, deixar a água transbordar na banheira no princípio do empuxo de Arquimedes. Quando o líquido transbordava, alagava o piso de mármore. A pequena deveria fazê-lo, não a mulher. Dessa forma ele exigia e a mãe nada questionava, dava de ombros até. Afinal, a filha estava lá para os servir em tudo. Para isso nascera e por pouco não havia sido levada para um abrigo de rejeitadas.

Logo que ele entrava no banheiro, de calção e peito nu, ela saía aos pulos e descia a escada no trote coxo.

— Venha cá salgar a água!

Ela já voava para longe. Sequer respondia. Tampouco olhava as asas do vento, que ficavam para trás.

— Está fria! Traga um balde de água morna. Volte aqui, garota imprestável! Ficarás de cara para a parede uma noite e meia. Junto às lagartixas, fedelha!

Com antolhos e algodões nos ouvidos ela refugiava-se no seu minúsculo quarto, cujo teto era uma cúpula diáfana. O momento em que admirava as estrelas radiantes, mais belas do que todas as coisas que vira até então, inventava que o mundo haveria de ser uma praça florida em meio ao oceano escurecido. Haveria de ter amigos, quem sabe, vindos de mapas dispersos. E os receberia com ternas gentilezas em sua casa, que eram os meus braços e os meus portões que a resguardavam dos vermes e dos ratos humanos.

O ritual repetia-se todas as tardes. Ela subia as escadas com o balde de água misturado à própria urina e o jogava na banheira ainda a encher-se. Jogava também gordura de manteiga juntamente com pequenas barras de coco. Esdrúxula mistura que sequer a mulher atinava.

Um dia, ao entrar no banheiro para o diário sacrifício, ele já lá estava enrolado à toalha. Trancou a porta antes que ela pudesse voar. Não teria agilidade, nem tempo, nem fugas. E ele ordenou.

— Me dê sua língua!

Serpentes começaram a entrar pela soleira da porta, pelas frestas da janela, pelo fundo do vaso sanitário, pelo buraco da pia e pelos ralos destampados. De repente, tudo se transformara em um ninho de cobras, e a menina lá estava encarcerada em uma jaula sem frinchas.

Enquanto uma enrolava-se em suas pernas, outra apertava-lhe o pescoço. A seguinte, rastejava na direção de seus braços imobilizando-os contra o piso frio.

— Não! Não! Pare! Pare! Mamãe! Mamãe!

A cobra mais fina lhe tapou a boca forçando garganta adentro.

— Assim que todas fazem. Dizem que não, querendo dizer sim. — Gargalhou.

Sobre seus tênues seios, duas serpentes a picar os bicos. E mais tantas enroladas aos pés, como tornozeleiras de cárceres. Imobilizada na posição de cruz, os olhos a saltarem das órbitas, ela tentava inutilmente uma luta. Quão pequena ela seria a pelejar com numerosos ombros, movimentos e pesados assombros! Como se livrar do bote feroz dos peçonhentos seres? O ignóbil, alheio, o primeiro monstro lá estava. Arrotando-lhe o gás de sujas fábricas, o óleo azul dos oceanos e a decadência lenta dos humanos. Sangrar a mãe talvez ele quisesse na névoa turva de seu inconsciente, ou roer as tetas de uma fêmea ausente, sorver a luz da virgem transparente. Talvez gostasse em seus subterrâneos mover os crânios dos antepassados frios... Exposta então de todas as maneiras, o corpo inerte, a alma derrotada, sobre a murada por onde passa o tempo. Número a mais na vil aritmética.

E a grande víbora, a de maior abismo, penetrou o seu pequeno corpo rasgando as suas vísceras. Era como engolir o vômito de um cão e vomitar o próprio horror repugnante. A peçonha expandiu-se no organismo, qual uma substância trágica. E o embrião fantasma talvez ali criasse um filhote de serpente ou santidade.

* * *

Ah... Em que sono tão profundo poderia mergulhar o seu cansaço? Adormecer durante um tempo sem fim, seria desejar a quase morte do seu corpo ultrajado. Seria entregar-se ao torpor dos enfermos terminais. A testa sobre o piso frio, os olhos de órbitas saltadas, o dorso em brasa esfolado e o virgem ventre ofendido. Adoeceu na espessa letargia quando entregar-se ao nada foi o instante que lhe coube. A nudez pueril, a pele adolescente sob os pingos dos relógios liquefeitos, ou do infindável tempo da prematura solidão.

Não ousou gritar aos ecos dos meus quartos vazios. Implorar por uma mão que a levasse dali. Da escura mancha que a cercava. Mas em vão seria o seu chamado, pois o bandoneon já rasgava as cortinas dos salões e o par de canastrões ensaiava os primeiros passos.

— Deslize, mulher! Hoje estou inspirado! Me dê tuas ancas para que eu te conduza aos infernos.

— Estás cheirando a leite fresco.

— Comi uma bezerra desmamada!

Ambos gargalharam, gargalharam e gargalharam até caírem um sobre o outro, para depois rolarem como duas cabeças de pólvora prestes a explodir de euforia.

A menina cambaleante, desceu a escadaria. Os olhos virados, o corpo quase desnudo a tremer na febre da tortura e da agonia.

— Aonde vais assim, Miúda, quase nua, a esconder em trapos teu pecado exposto? Não tens uma vergonha em tua cara de pirralha? A quem provocas?

Ela olhou para o corredor e não avistou a luz do mundo. Respondeu à mãe com o silêncio de uma carcaça submersa.

— Rasgou as vestes de propósito, mulher. Deve ter sido com os próprios dentes — zombou o cínico.

— Para mostrar as partes proibidas. Ela já arrota hormônios e quer exibir a juventude. Cuida-te, homem, para que não te chames para o mato.

E gargalharam, gargalharam e gargalharam até a rouquidão.

Miúda seguiu caminho sem dar palavras, sem dar de ombros, e de olhos baixos. Entrou no seu quarto de três paredes e trancou a porta. Por lá ficaria até a conta de uma eternidade, até sararem as chagas da alma e as feridas do corpo.

Um quarto há de ter a medida do mundo. Pequeno mundo entre três vértices e uma cama rasa. O teto não abria em cúpula no ventar dos astros, e a visão era a de um pequeno ângulo, encontro dos lados do triângulo. Escuro, sem brechas e brisas, somente o espaço para um olhar discreto onde o horizonte não mora, tampouco os sonhos penetram.

Assim ficou abraçada a si mesma, como um caramujo que não quer saber do mundo ao derredor. As chagas haveriam de cicatrizar no decorrer do tempo, quem sabe. Mas a alma, atravessada em pedaços de morte, não se levantaria do chão. Nunca mais.

A quem falar do grave fato para abrandar a aflição do seu espírito, da infâmia e do embaraço? Quiçá gritar como quem lança a funda angústia aprisionada no peito de menina. Para quem? Para onde haveria de exclamar sua tragédia? Quem lhe daria o crédito e a resposta. A palavra de uma criança contra a de um monstro. Os delegados haveriam de detê-la, a mãe lhe açoitaria por engodo, e os outros, os outros zombariam de sua patética e nanica criatura.

— O lixo está amontoado e a casa fede! Há pilhas de pratos para lavar e a poeira sobe ao teto. As aranhas tecem teias nos batentes! Desça e venha ao trabalho, menina!

— É uma folgada, mulher. Nem meu banho ela prepara. Para que serve então?

— Para limpar tuas botas e lamber o teu suor quando respinga no chão. Para isso nasceu, ora! Senão teria arrancado do meu corpo. E por isso já não exibo a mesma plástica de mulher sem banha. O peito caiu, a barriga amoleceu.

— Mas ainda serves para um molho! És sacodida e ferves quando te pego.

E, aos gritos, a mãe dava ordens à filha que, mesmo molestada, ainda varria a poeira da sala, levava os sacos de lixo para o fundo do quintal e raspava o fundo das panelas oleosas.

A noite desceu dos montes e tudo adormeceu. Miúda sonhou como há muito não fazia. Sonho de claridades emolduradas, quando pegou um cão amarelo que passava no céu e o chamou de Lanterna. Ele, como um animal fiel, a levou para longe dali, puxando-a delicadamente pelos panos. O rio corria como frases que se sucediam, pensamentos que se embolavam e renovavam. Ela mergulhou o corpo na água, enquanto o cão, em posição de sentido, zelava por sua paz. E pensou devagar: "Moramos no sonho, a realidade é uma verdade que dói."

Pegou um seixo na margem e o esfregou com força em seu corpo imundo, tantas e tantas vezes até os vultos e as manchas desprenderem-se de seus membros, de seu ventre e da luz obscurecida de sua alma. Era preciso expurgar os demônios impregnados em sua pele juvenil. Esfolando-a. Sangrando-a. Autoflagelando-se para livrar-se da cicatriz e do odor fétido do falo peçonhento. Passaria o resto da vida a lavar-se compulsivamente para um dia se livrar da culpa de ser mulher. O crime de ser coxa e de ter asas, além de pequenas nádegas que saltavam à saia.

"Quando um macho ataca uma mulher, a culpa é dela por conta de suas circunferências provocantes, das ondulações macias do corpo. Do seu jeito de ser lua crescente a toda noite e maré rasa durante o dia", ditava a palavra das ancestrais.

Já estavam em viva carne as coxas e a genitália. Mas como arrancar as manchas da mente, senão arremessando os miolos contra a parede? Espatifar o cérebro em pedaços de imundice e acabar com tudo. Não! Minhas paredes não seriam o palco da derradeira cena. Eu não deixaria. Ventaria rajadas até abrir e fechar janelas e despertar o cão aceso, assustar a menina para fazê-la correr e correr de outro medo que anulasse por enquanto aquele da profunda mágoa.

Enchi os pulmões de meus interiores, desequilibrei ligeiramente os alicerces e as estacas, soprei minha imensa expiração através das janelas, portas, vidraças, chaminés, frestas e soleiras. Os telhados entreolharam-se enquanto eu inventava avejões.

— Corre daqui, mulher, o mundo vai acabar!

Sequer ele imaginou que poderia ser o castigo dos céus. Afinal, não cometera qualquer pecado. Era um assíduo frequentador de templos.

— São as almas da casa que estão a sair das paredes. Veja! Há um cachorro na soleira com a boca iluminada!

Lanterna

Ao lado da menina, agora um cão guardava sua integridade e iluminava os corredores escuros. A noite esquecida de raiar. Os caminhos desprovidos de lume.

— Onde pegaste este leproso, Amiudinha? — indagou a mãe.

Parada, longe, ao ver a bocarra aberta e os dentes cintilantes do animal.

— Veio dos telhados sinistros junto aos corvos.

O padrasto presumia uma aparição com a qual não haveria de bulir. Dava três passos para trás cada vez que o cachorro se aproximava. Apesar da pelugem encardida e falhada, tinha as dimensões de um lobo. O focinho delgado, os olhos amendoados das cores do sol, quando o sol se levanta no horizonte amarelado. As patas largas e o latido grave davam medo aos humanos mais cínicos. Mas os dentes aclaravam os caminhos dos cegos. E Amiudinha apegou-se ao cão porque jamais vira um sorriso largo, um terno entardecer entre irmãos, um afago de mãe em seu rosto esmaecido.

Contudo, o cão sumia por noites seguidas para beber as águas da lua e se alimentar dos vagalumes. E, quando isso acontecia, a menina Miúda ficava vulnerável aos seus algozes. À mercê de seus gênios caprichosos e de suas bebedeiras entre tangos. Já se ia a esfregar o chão emporcalhado de gordura e marcas enlameadas de botina. Resignada. Cabisbaixa a olhar para seus pés calçados com chinelas sem solas. E sempre o chamado que vinha de baixo.

— Amiudinha! Desce de tua cova e vem varrer os tetos!

— Se ainda não preparou meu banho, vai-te daqui, inútil!

Vestia batas velhas sobre batas mais velhas para encobrir a circunferência que crescia a cada rotação. Ela nauseava com o cheiro vindo dos esgotos e das privadas. Dos bafos de aguardente.

— Essa menina deve criar vermes nas vísceras de tanto comer as nossas sobras, decerto. Não irá sentar-se à mesa conosco. Não vai! Tu viras os olhos para seus peitinhos de peras verdes. E me aborreces.

Mas, independentemente do querer, os peitos cresciam e apontavam para a lua.

Miúda era a figura de um saco de estopa com pernas que andavam devagar. Os afazeres de filha-criada que antes desenrolava ligeira, agora arrastava-se com lentidão e sonolência. Tirava cochilos de ronronar baixinho, recostada à soleira da porta da cozinha. A mãe lhe aplicava uns pontapés nos ombros para que despertasse.

— Está com a doença da preguiça precoce.

E, se não acordava com os pontapés, jogavam-lhe um balde de água gelada e ela se aprumava de súbito como um gato assombrado. Logo voltava aos serviços que se amontoavam, como as pilhas de pratos sujos sobre a pia encardida.

Um dia, resfriou e ardeu em alta febre. Deixaram-na ficar em quarentena no seu pequeno espaço para que não transmitisse as bactérias pelas minhas dependências. Tossia tão intensamente num barulho de águas chacoalhadas que até afugentava as maritacas no sótão e os ratos no porão. Bebia a água da chuva que pingava das goteiras e se alimentava das formigas tanajuras, habitantes das falhas do chão. Os pares de sapatos Peralvilha e Moromedes a acalentavam enquanto ela os abraçava como travesseiros de meninas desistidas. A quentura febril do seu corpo esbraseava as madeiras do cubículo, e uma fumaça cor de chumbo subia como se houvesse alguém dentro de um forno de cremação. Foi quando eles decidiram ir ao quarto de três paredes para vê-la.

— Que trapo de gente encontro! Vejo que padece a infeliz.

Miúda nada dizia e mal respirava.

— Está morta?

O padrasto reconheceu os velhos sapatos que vendia. Retirou-os dos braços da criança num gesto de rudeza. Ela abriu os olhos e tremeu.

— Uma farsante, mulher. Finge-se de morta para não mais trabalhar.

Entre urros e impropérios, o homem jogou escada abaixo os calçados. Miúda tremia e tremia qual um bambuzal doente. E se ele a atentasse novamente, enfiando por sua garganta as víboras repulsivas? Por certo, dessa vez ela não resistiria e a morte seria a libertação. Bem-vindo fim.

De súbito, Lanterna surgiu num relâmpago veloz. Sentou-se altivo frente à porta e aprumou os olhos de guardião. Eles entreolharam-se exalando medo, e o cão rosnou um provérbio de guerras. Mostrou-lhes a luz dos dentes afiados e ensaiou uma ameaça de mordida.

— Vamos daqui, mulher! Esse animal vai nos devorar. Tua filha carrega o chifrudo para defesa.

Desceram a escadaria aos saltos que por muito pouco não se espatifam no chão.

Ele cabeceou delicadamente o corpo de Miúda, latindo com afeto. Depois lambeu sua febre, da testa aos olhos abrasados. Ela respirava sob suas patas gentis, enquanto ele a clareava com astros.

— Não a deixarei. Bastam-me as águas da chuva e as formigas tanajuras. Serei teu, pois precisas de pai e de mãe para que não te atravessem com chicotes nem com obsessões e impertinências de abusos.

Foram essas as frases dos uivos que Lanterna entoou na música dos arcanos. Amiudinha deu um longo suspiro de alívio que movimentou minhas cortinas levemente. Ele cuidou dela com acalantos de alcateias e a lambeu com sua saliva de pastos. Cobriu-a com um lençol de pelo curto para aquietar o frio de seu corpo trêmulo. Soprou-lhe o ar dos próprios pulmões, como fazia o pássaro do tuberculoso, que um dia me habitou com tão discreta morte. Assim era o devoto animal que um dia surgira da desesperança. Do momento cruciante de dependurar-se num tênue fio e penetrar no abismo. Ficaram assim até o fim das noves luas, e, sempre que ouvia passos pesados de monstros ou feiticeiras, ele rosnava como um trovão de ursos. Cuidou da menina como o melhor dos protetores, enquanto seu ventre avantajava-se tal qual uma esfera prestes a estourar. Uma represa a explodir suas comportas de líquidos de cavernas uterinas. Estava quase pronta e a boa hora haveria de logo chegar, como o prenúncio de uma cria sem serpentes. Agora, apenas o filho importava porquanto somente a ela pertencia, por fazer de seu corpo, sustento e morada.

* * *

Abriu as pernas para o mundo. O útero agachado encontrando a terra para pousar, latejava como a pulsação dos sóis. Ela gemia uma fina área de dor para que eles não a descobrissem naquele milagroso instante. Chegara a hora e ela mal sabia ler as mensagens do sangue e da água. Da dor intermitente do baixo-ventre. Do coração em sustos, disparado. Não havia acordado da infância, mas já se antecipava na mulher que a obrigava despertar. "De uma estrela nasce outra e nem se vê", do poeta Marco Antonio pensava. De si surgiria outra criatura que sequer planejara, mas que, já a quase existir, haveria de amar e de acolher. Resguardar dos predadores vilões e desprezíveis.

Os pequenos olhos saltavam assustados das órbitas redondas. Não teria qualquer mão para arrancar o feto e ampará-lo quando ele fizesse a passagem para o mundo de cá. A não ser as próprias mãozinhas miúdas a tremerem e transpirarem marés. O cão, em posição de guarda, a observava à distância. Aquele enredo não lhe pertencia, ele bem o sabia, não haveria de interferir nas ondulações da barriga em transformação. Somente o posto de guardião sentado frente à porta lhe cabia, ou mesmo o de luz, quando sorria.

E como os planetas que se desprendem de outros astros, o feto liberou-se da casa uterina e atravessou o túnel vermelho na direção da atmosfera. Estava nascido e completo. Faltava romper a órbita na forma de cordão. Lanterna fincou os dentes de lume e cortou o que deveria. Em seguida, uma patada nas costas do bebê que o fez chorar com seus pulmões frágeis. Nesse momento, o cão uivou como uma orquestra de lobos, para que ninguém ouvisse os brados do nascer e jamais soubesse da beleza da nova criatura que acabara de chegar.

Amiudinha o acolheu nos braços, enquanto Lanterna o limpou com zelo. Ela o enrolou em uma estopa antiga e o amou infinitamente. Após um tempo de pausa e silêncio, ela disse, por fim.

— É uma menina...

Sinfonia de uivos

Agora eu abrigava uma pequena família sob a claraboia.

Lanterna, o cão. A menina Miúda e a criança que tomava o tamanho de um punho. Para que revelá-la ao mundo e deixá-la cortar-se com os espinhos? Melhor guardá-la num cofre. Fosse debaixo de suas saias de pobres matizes, ou de volta à morada do útero. Eu observava com meus olhos de vidraça delicados movimentos que se desenvolviam em segredo e lentidão. Em silêncio, ela tirava os seios dos andrajos e os dava à recém-nascida, que sugava até as últimas gotas. Se dormia, ficava encantada como os anjos e sob o olhar da mãe menina ela balbuciava conforto. Se era somente do leite que necessitava, não lhe faltaria alimento. Tampouco aconchego e ternura. Tanto me alegrava que chegava a ventar nos topos dos meus telhados uma revoada de mágicos amores. Pudesse eu edificar-me, levaria o sótão de três paredes para bem longe. Para uma planície de arvoredos e regatos límpidos. Para um céu de equilíbrio e boas almas. Haveria de me separar de um pedaço de mim, uma acanhada telha. Sim. Mas o faria de bom grado e generosidade. Do cerne de meus núcleos ásperos, vibrava uma alma, e eu chorava alguns espasmos de astros, como também sorria uma claridade de varandas solares quando me regozijava.

Todas as vezes que a criança ameaçava chorar de fome ou de frio o cão chamava sua matilha com latidos intermitentes e regia uma orquestra de uivos longínquos. Estavam protegidos. Ninguém jamais ouviria as choramingas e soluços da pequena.

— Ora essa, mulher! A menina agora mora com lobos. Não bastasse aquele cão maldito!

— E toma cuidado, pois ele te pega e te capa!

— Antes disso, chuto-lhe o focinho e o ponho a nocaute.

— Não pões, não! Ele é mais forte que tu, que já está curvado e arrombando as calças!

— Vai-te daqui e prepara minha janta. Obrigação de tua filha que se trancou com esse cão e foge da labuta.

— Vou requentar as sobras do abutre para que te lambuzes de carniças.

Tão mais alto do que que as vozes pudessem sobrepor, o canto dos caninos era a nova ordem das cercanias. Enquanto a criança chorava, nada se ouvia além dos latidos de longos agudos. Ninguém ousava subir ao sótão.

— Vamos enlouquecer!

— Antes, tropeçaremos nos montes de poeira, pois não há criada para varrer. Tu, que és mulher, que deveria montar a vassoura!

— Miúda é a criada. Suba ao quarto e a traga. Se sou mulher para varrer, tu serás homem para vencer o quatro patas!

Ventos, ventos, ventos ao meu redor, abraçando-me de invernos enquanto eu acompanhava o movimento das árvores curvando-se qual bailarinas do tempo. Sentia-me voar e deslocar como as placas tectônicas, ou os olhos das ilhas quando acompanham o mar. Assim eu me sentia sempre que o milagre dos seres felizes me habitava. O andar do alto compunha um presépio de meninas com um cão leal e sentinela que as guardava como um soldado de flores. Ele dava-lhes de comer quando caçava as maritacas que vinham bicar as telhas e a pura água que chegava da chuva através de uma calha rústica. E, quando o sol penetrava pela claraboia, os três se banhavam de vida e harmonia.

Miúda, a Amiudinha escravizada, conhecia agora a rara felicidade.

— Que nome lhe dou, Lanterna? É chegada a hora do batismo.

Ele lambeu o rosto da criança, pousou uma pata sobre a cabecinha de ralos cabelos. Latiu para a lua cheia e ela compreendeu seus dizeres de entrelinhas. "Céu."

Soprei um pouco de chuva que estava para cair da calha para formar uma poça no chão. Fez-se a pia batismal. O templo e o sacerdote chegaram pelas vias do sonho. Estava pronta a cerimônia, e Miúda mergulhou a pequena na água santificada pelos monges invisíveis e a deixou ficar imersa por segundos sagrados.

— Céu. Teu nome é Céu.

O choro da menina veio como a ode à felicidade e a celebração da vida.

Lanterna latiu e latiu alto a convocar os cães do mundo. E fez-se a sinfonia da alegria e da pureza.

Nas madrugadas, quando Céu chorava de fome ou por pequenos incômodos, Lanterna regia o coral de seus pares até que a pequena se acalmasse. Por vezes, madrugada adentro, tocava aquela orquestra de caninos, vindas das partes diversas, dos interiores das casas, das ruas desertas, dos amontoados de latas de lixo, dos becos sombrios, das solidões e das ruínas.

Depois ela se aquietava e adormecia no meio dos panos amaciados. Seu berço era feito de trapos antigos e de tecidos em desuso deixados nas soleiras por quem os esqueceu. E eu reunia-me aos uivos rangendo minhas portas, assoviando ventos pelas frestas das janelas, deixando-me açoitar pelos assombros ruidosos.

Arrisco dizer que era feliz. Eu era uma casa feliz.

Mas o casal...

— Infernos com demônios! Nem mais dormir podemos!

— Já te disse, sobe e enfrenta a fera!

— Parecem muitos, não ouves uma dezena deles?

— Tu és macho, mas borras nas calças quando a coisa engrossa!

— Ora! Queres experimentar minha macheza? Te parto em duas com meus ferros!

Foi quando a jogou contra a parede e lhe rasgou a camisola. Ela chutou-lhe as vísceras e embolaram-se no chão enquanto os latidos aumentaram. Ele a largou.

— Vou ficar surdo! Chame a polícia, mulher!

— Idiota! Moramos no meio do nada. Num raio de cem quilômetros não há nem um prostíbulo. Esqueceste?

— Vou dormir sob as árvores. Tu ficas.

— Com as cobras? Elas te engolem vivo.

— Não me metem medo. Tenho pacto com as cobras. Antes serpentes do que cães.

— Cães, filhos de lobos, decerto.

E fez-se o silêncio. A criança dormiu, a mãe descansou. O último latido era um comando de trégua. Cessaram os uivos e as ventanias acalmaram as folhagens. O cão esticou as patas e repousou do seu posto. Estavam guardados e mantidos, na madrugada ainda adentraria um bom sono. Fechei meus olhos antes que minha estrela caísse no telhado. Deixei-a ficar luzindo, e adormeci.

— O que é isso agora?

— Por certo viraram do avesso. Fica e dorme.

— Se tu não ligares a tua porca roncadora!

— Ah! Quem ronca igual a um chiqueiro inteiro és tu, homem!

Exaustos, viraram cada qual para um hemisfério e caíram num sono pesado.

* * *

Céu haveria de permanecer guardada para sempre. Seria o segredo. A não ser um dia, se o seu monstro pai e sua avó nefanda partissem para outro lado, que seria, por certo, um abismo abrasado. Enquanto não despencassem no precipício aceso dos pecadores, a criança moraria no pequeno sótão de três paredes. Jamais alguém ousaria transpor a barreira que um cão leal e bravio acastelava.

E a vida seguia assim, translúcida e serena enquanto a criança de peito e de braço necessitasse somente de cuidados próximos. Dali mesmo, do cubículo, onde só cabiam os três. Lanterna, Miúda e Céu eram felizes e plenos do amor que os vinculava. Entre eles um invisível fio entrelaçava as suas almas. As tarefas distintas do cão e da jovem mãe tornavam leves a rotina do dia. Amamentar, colher a água da calha, assar as maritacas e estar alerta. À frente da porta, sempre que ouviam passos na escada, o canino se aprumava e subia as orelhas. Por vezes, rosnava. Se estalavam os degraus, ele latia.

Tudo estava nos lugares, e eu, ah... Como sentia-me feliz tanto quanto poderia naquela grata jornada. Outrora, tive meus bons momentos. Sim. Ao hospedar o mestre e seu piano, com as melodias que se erguiam aos astros mais remotos. Também o circo, que me fez gargalhar pelas bocas escancaradas dos porões. Quando partiram, chorei de saudades, na certeza de que me esqueceriam e eu seria somente uma passagem. Uma travessia necessária. Um abrigo. Mas preocupei-me com o tísico que pairou em mim, com sua tosse e seu sangue espirrado pelas paredes e azulejos do banheiro. Os pulmões fracos, a morte consentida e discreta. O pássaro de penas brancas que soprava o ar que lhe faltava e que se dissipou com ele para o indecifrável lar perene.

Dispneia

Hoje eu acordei com falta de ar. Acometeu-me uma dispneia quando, pela manhã, ainda trancada, sufoquei-me com as chaminés obstruídas de montes de lixo e pó. Sufocada. Sem correntes de puras brisas a circularem entre os corredores, eu era um pulmão sem pássaro.

Há tempos minhas chaminés não tinham serventia, pois os alimentos eram cozinhados nas brasas do quintal. A do salão de chá, sequer era notada. Noites à beira do fogo da lareira. Degustação de nobres vinhos. Cobertas quadriculadas de fina lã a envolver os pés. A baixas vozes. Melodias em médio tom. Há tempos não havia. Ao contrário, se antes imponentes, hoje não passavam de depósitos de detritos, sobras de carne, entulhos de poeira sufocante. Foi quando eu tossi convulsivamente pelas ventanas até abri-las de súbito, como se um vento tóxico saísse de meus cômodos. Por instantes faltou-me o ar como um mergulhador em apneia a precisar subir rápido à tona. Um escafandro afogado cujo ducto rompeu-se nos rochedos do fundo do mar.

Asfixiei-me durante a madrugada. Por vezes seguidas não respirei, e a apneia enfraqueceu minhas colunas deixando-me com as pernas bambas, a um passo de tonteiras e desmaios, que me faziam girar numa rotação estranha e nauseada. Assim, controlei-me para não acordar a família que habitava o sótão. Os eleitos dos santos para adentrar a especial felicidade. Aqueles que eu tanto vislumbrava para habitar os meus interiores e plainar pelos jardins lúdicos e mágicos.

Eu estava doente. O entulho apodrecia meus pulmões. Uma fumaça escura anoitecia os aposentos. Os salões vagavam febris. Não seria aquela bactéria antiga, mas um gás abafadiço e denso.

— Controla tua tosse, homem! Assim, não durmo nunca mais!

— E tu que também não para nos espirros? Pareces uma locomotiva enguiçada.

Também me engasguei ao engolir ruínas e o pó dos assoalhos. Tossia, tossia, tossia cada vez mais e o ar não entrava. Os lustres começaram a balançar e as portas a bater e os tapetes a girar como redemoinhos. As janelas abriam e fechavam em movimentos desorientados. A atmosfera rareava e eu fiquei azul. Minhas muretas vibravam enquanto as grades do quintal alçaram voo. Um raio abriu o piso em duas partes, quando finalmente espirrei.

O casal de canastrões caiu da cama.

— O que é isso agora? Um terremoto?

— Não sei dizer. Mas a casa está embruxada.

Miúda, Céu e Lanterna, por habitarem o andar elevado, sentiram apenas uma leve alteração. Nos andares abaixo, entretanto, onde se deu o epicentro de minha moléstia, sentia-se o giro da Terra. Agora, cansada, eu dormia.

Como dormem as casas? Deixando de pensar.

Os descobrimentos

Céu, a julgar por suas pernas compridas de potra, se desenvolvia. Ambas do mesmo tamanho, perfeitas. Não seria coxa tal qual a mãe dizia. Por conta desse julgamento e por nascer fêmea, quase foi jogada nos terrenos baldios dos inválidos e diferentes. Se ficou na casa com sua mãe foi para servir e acatar. Miúda desejava para a filha uma vida de alforria, como assim deveriam ser todas as vidas. Livres e amáveis. Para isso, a protegeria como podia, guardando-a no sótão. Escondendo-a do mundo. Dos algozes. Mas por quanto tempo conseguiria contê-la? Ainda pequena criança, sustentava-a no acanhado quarto e abria a claraboia para que ela viajasse pelo universo.

— Mamãe, o mundo é só espaço?

— Por enquanto, minha filha. Por enquanto.

— Vejo só a lua com estrelas atrás. Onde estão as outras meninas? Há cachorros nas nuvens?

— Não, querida, somente anjos.

— Podemos trazer o sol para acender o fogo?

— Não, querida, o sol está preso num varal da manhã.

— Então por que você não pendura nossas roupas com o varal do sol?

— Para não termos que subir tão alto.

— Ah... o sol fica mais longe do que a lua. Então a lua pode morar com a gente?

— Pode, sim, meu bem. Vou falar com ela para nos visitar qualquer noite.

— Mamãe, a lua canta ou late como o Lanterna?

— Canta.

— Ela vai cantar para eu dormir?

* * *

Enquanto isso, o casal abjeto continuava a acumular em mim os seus detritos, e eu não me curava do mal respiratório que me acometia em noites de poucos ventos. Como poderia me arejar nos cômodos, se ainda me obstruíam as chaminés? Minhas laringes, traqueias e brônquios. Oclusos e nebulosos. Seria esse o meu destino e até quando?

Talvez eu desmoronasse antes do término da história. Qualquer uma. Uma vida contada em muitas páginas talvez não fosse o suficiente para a minha existência.

— Quero ser uma bailarina.

Céu, balançava o corpinho enquanto Lanterna uivava nos agudos.

— Você sabe o que é uma bailarina?

— Uma menina que voa, ora. E que ninguém toca, porque é feita de sons.

— Se é feita de sons, como irão vê-la dançar, querida?

— O som tem cores, mamãe.

— Você vê as cores do som?

— Sim. Agora, vejo um violino no ar.

Lanterna uivava inspirado.

A menina queria expandir. Dançar, correr. Mas só teria as paredes para subir e o piso para saltar. Necessitava de muito mais. A cada dia que passava e quanto mais ela crescia.

— O que há depois da porta?

— Restos do mundo. Fumaça escura e monstros. Só monstros.

— O que fazem os monstros?

— Cortam tuas asas. Tiram tua liberdade e te devoram viva. Acham que estás contente por tê-la comido e não te deixam em paz. Sentem-se donos de tua vontade, do teu desejo.

A criança boquiaberta, sequer compreendeu o discurso da mãe.

Eu diria de maneira mais doce. Mas não carregava comigo o tormento de Miúda, que sentira no corpo os abusos do padrasto, o crime para o qual não teria sentença. Estava dentro das violações consentidas. A lei dos machos autocráticos.

Eu abri a claraboia para o noturno firmamento.

— Não vão muito longe. Voltem antes de clarear.

Lanterna levava Céu para voar e conhecer o mundo. Estava na hora. Sentir os aromas desconhecidos das brisas vindas do longe e avistar os vales cobertos de pinho e sombras.

Montada no cão, segurava-o pelas orelhas. Seus cabelos negros esvoaçavam como asas de liberdade.

— Estamos mais perto da lua! Lanterna, você veio da lua?

Sobrevoaram a planície e beiraram os montes próximos. Confesso, preocupei-me quando deram rasantes nos telhados. Em meu atual estado, as telhas, muitas delas, estavam soltas e a cair por pouco. Não se afastaram tanto. Voavam em círculos ao redor de mim, e pouco mais além.

— Acorda, mulher! Eu vi um cão voando janela afora!

— Te aquieta. Estás sonhando. Deixe-me dormir.

E foi de propósito que Lanterna fez isso, ao quebrar a vidraça com uma pata. Dessa vez, eu mesma não me contive em risos.

— Quanto susto, homem, tens razão! Somos as vítimas de um assombro...

— E o cão levava uma criatura de cabelos escuros na garupa. Parecia uma guria nova...

— Vou rezar para os deuses!

— E tu lá tens um deus? Estás mais afinada com o demo!

— E tu, que já és assíduo dos fundos das brasas!

— Ah! Um dia te mato!

Que bela noite essa, de tão estrelada! A primeira de Céu com seu guardião. Lá estavam, as Plêiades e a deusa vermelha, a bela Antares a puxar a alegoria do Scorpius. Igualmente a reluzir, o rei Sirius, aquele de maior poesia de luz. E Orion a retangular o firmamento com suas alphas, Rigel e Betelgeuse, éguas fogosas noturnas. Ainda se via com limpidez a outra alpha Aldebaran, à frente de Taurus no cinturão zodiacal.

A claraboia estava aberta para a chegada.

— Mamãe, cheguei perto dos astros e avistei vultos nas copas das árvores. Também senti um cheiro de silêncio escuro. O mundo não é só noite, não é? Pois vejo o clarão do dia entrar quando o teu rosto mais brilha. Por que eu não saio na claridade?

— Para te guardar. Para te guardar.

— A que hora do dia eu irei para a escola de bailarinas?

— Quando o sol baixar. Quando o sol baixar.

Céu tinha a cabeça repleta de interrogações e fantasias. Exausta, adormeceu no colo da mãe, que ficou insone, com a garganta seca e uma tosse nervosa, intermitente, que fez acordar o padrasto.

— Pois é a tua filha a tossir. Vou pegá-la, o cachorro deve estar dormindo.

Ele deu os primeiros passos na escada com um porrete na mão direita. Lanterna empurrou a porta com as patas, pôs-se de pé assumindo o tamanho de um urso das neves. No último degrau da escadaria, ele rosnou a mostrar os dentes de luzes ofuscantes. Estava lá uma fera disposta a cravar a presa no pior intruso. E o sangraria até a última gota esvair-se numa poça imunda.

— Já de volta? Estás lívido! A camisa encharcada de suor...

— Meu coração está fugindo pela boca! Ele agora é um urso! Um gigante canino, ou nem sei mais o que é.

A tosse persistiu noite adentro. Miúda sequer adormeceu. Quando iniciava um cochilo e a garganta ressecava, acometia-lhe um acesso de tossidas incontroladas. Quando as primeiras luzes do dia incidiram da claraboia, ela estava desperta e exausta, sem ânimo para depenar maritacas e dar de comer à filha, que ainda dormia o sono dos ingênuos. E deixou-se ficar. Entregue ao piso de papelões.

Eu temia que ela estivesse com o mal da respiração custosa.

Parecia que vivia em um ambiente de atmosfera rarefeita, que tornava tão árduo o simples ato de caminhar. Com um gesto, apenas um passo ou um simples movimento de levantar-se do chão e o seu pulso disparava e ela parava ofegante. O corpo ao fim das tardes esquentava febril. No início era uma febrícula. Passados alguns dias, a testa já ardia enquanto as mãos ficavam gélidas e trêmulas. Aquietava-se debaixo dos papelões a sacudir de frio e a esperar que o calor corporal abaixasse.

Aos 25 anos, era uma mulher de poucas carnes e parcos músculos. Seu organismo ressentia a vida pregressa insalubre e de maus-tratos. Faltava-lhe o ânimo e a saúde. Vivia arroxeada por bater nas paredes do sótão, enquanto a filha pulsava como uma potranca a subir nas patas e a ansiar voos.

— Deixe-me sair nas manhãs, mamãe? Se faz frio, levo teu casaco, se calor, levo tua sombra.

— Serás uma bailarina de um só palco, querida. Dança para sua mãe enquanto vejo suas pernas e sua graça. Enquanto estou por aqui.

Sua fala expirava uma grossa fuligem de aparência rubra. Bafos horrendos de fábricas de fumaça que escureciam o sótão e transformavam o dia em noite nevoenta.

— Por que não mais se levanta, minha mãe? Tem os olhos caídos, os braços entregues.

— Minhas asas estão secando. Se eu me levanto, volto a cair.

E ela mal se equilibrava nas duas pernas. Por toda a sua vida, andou para onde lhe queriam, mesmo trôpega subia as escadas o quão rápido mandavam.

Afeiçoei-me a Amiudinha desde o seu nascimento. O semblante frágil, a subserviência a que fora sujeita. O olhar baixo e sem horizontes, a revelar uma criatura que não esperava muito da vida. A não ser os trapos que lhe empurravam, as sobras do alimento, o quartinho insalubre para morar. A violação e o achincalho. Há seres que nascem para o sofrimento. Não batem, não rezingam, tampouco reivindicam ou retaliam. Para esses, a vida é um longo servir sem receber, seja em moeda ou em afago. Seguem cabisbaixos, desalinhados e sem vaidade para o que lhe obrigam. E consentem. São naturalmente tristonhos, desajeitados, e não se prestam para recreios. Nos festejos, ficam de longe a observar os felizes e creem natural essa divisão de castas, entre contentes e soturnos. Dizem pouco de si ou quase nada. Raras frases pronunciam de pronto para um argumento ou colóquio. Apenas respondem monossilábicos ou com um movimento de cabeça para cima ou para baixo, a significar o não ou o sim. Não são sorumbáticos ou macambúzios, pois que esta seria uma maneira de protesto. Tudo admitem com a fisionomia inalterada, para não despertar a ira. À exceção de quando lhes aviltam gravemente o corpo. Não revidam, porém, fogem, fogem, até nunca mais parar. Jamais havia hospedado criatura assim com tanta fragilidade e de olhar desencantado, gestos acanhados. Agora, padecíamos da mesma moléstia. A da falta de ar. Estávamos ambas com os corredores e os pulmões obstruídos por um mal que vinha lá de baixo.

Minhas chaminés, quase mortas e encardidas, faziam-nos cansar e tossir. Tossir. Tossir. E era nessa hora que os quartos sacudiam. As lâmpadas queimavam e as cortinas ventavam como saias. Dos telhados, caíam telhas avermelhadas qual hemoptises do tuberculoso que morou em mim. Não seria a sua bactéria ainda a circular por meus ares, mas outra, nova, avassaladora, advinda dos hábitos insalubres e repugnantes dos meus habitantes de agora.

Sem a criada Miúda, filha e escravizada, comiam o que se arrastasse nos chãos mais imundos. Ratos eram os prediletos para o almoço. À noite, puxavam os morcegos pelas asas e os mergulhavam numa panela fervente. Na falta das ratazanas ligeiras, aranhas os apraziam. Arrotavam os restos nas madeiras enquanto os detritos entupiam minha garganta.

Viviam a maior parte do tempo jogados na cama, e, quando não, montavam armadilhas para o cão, com gatos de rua que escalpelavam e prendiam ao sopé da escada. Porém, Lanterna não os bulia. Deixava-os miar até atormentar os ouvidos do par de abjetos.

— Solte o gato! Solte o gato! Se não são uivos, agora são miados. Tu não tens uma ideia melhor para caçar o cão?

— Vou pensar, mulher. Vou pensar.

— Quando pensas muito, esquentas a testa e os miolos tostam.

— Aproveita o gato e bota no fogo. Melhor que teus morcegos que pegas por preguiça.

— Mas gostas. Ora, vejo que gostas, quando lambes os dedos e salivas de prazer.

A dupla de sórdidos e imundos só fazia reclamar e resmungar. Comiam o que de menor trabalho dava para buscar. Até uma barata voadora, que pousou com graça sobre a mesa, transformaram em sobremesa regada a vinho barato. Essa noite foi festiva.

— Vai um tango? Mete uma milonga na vitrola que vou te enlaçar.

— Não quero. Cheiras a banha velha.

— Ora, venha aqui, sua rameira. Tu fedes como uma porca e gosto disso.

Ela cedeu, como de praxe, e, trôpegos, deram os primeiros passos da dança batendo coxas e trocando pontapés amiúde. Colaram os corpos, enquanto ele rasgava a sua blusa amarrotada e ela alucinava. Bêbados. Caíram no piso do meu salão, que um dia foi real.

Um bafo de vinho banal empesteava o ar e subia ao teto como um gás venenoso. Dormiram ali mesmo, um sobre o outro. E, naquela noite, nada os despertaria de tão ébrios. Poderia uivar a matilha ou miar o gato escalpelado a chamar os seus leões. Céu cantaria o seu solo de balé. Miúda tossiria seguidamente sem lenços para abafar. E eu teria engasgos. Muitos engasgos. A noite estava limpa e ilustrada, mas as minhas chaminés entravam no grave estado de apneia.

O cisne

Uma tarde, Miúda desejou sair para ver o sol baixando na colina. Haveria uma atmosfera que a alimentasse, penetrasse por seus poros, por seus cabelos, por seus olhos circunflexos e aliviasse a sua aflição respiratória. Chamou por Lanterna e o amarrou em uma coleira, qual um cão de cego. Ele a conduziria, porquanto ela mal se equilibrava de pé.

— Vou trancar a porta. Se baterem, não responda, não se mexa. Prenda a respiração.

— Posso dançar?

— Não pode. Não há ninguém aqui. Entendeu?

— Não entendo. Mas farei como me pede, mamãe.

— Eu volto tão logo caia a noite.

Com extremo cuidado, começaram a descer as escadas e, na sala, esparramados nos sofás, estavam a mãe e o padrasto a acordar da grande bebedeira. Miúda estremeceu e ameaçou voltar.

— Ora! Ora! Eis que surge a criada fugitiva.

Lanterna levantou as orelhas de satélite.

— Será outro cão? Ou encolheu? Vai lá, homem, e domina o bicho.

Ao aproximar-se, o cachorro cresceu como um lobo das estepes. Abriu a bocarra, mostrou os afiados dentes e rosnou uma trovoada. Uma correria sem local de término até uma grande pedra do quintal. Foi onde chegou o padrasto esbaforido. A mulher, logo atrás, a gritar um socorro histérico, acocorou-se ao lado dele a rogar proteção aos santos.

— São Roque, São Bento, São Roque, São Bento, São...

— Cala a ladainha e aquieta!

Lanterna não queria atacá-los. Só meter medo. Seguiram o caminho do sol. Os dois. Lentamente.

Pasmo, o casal os observou passar. Há tanto tempo não a viam que se surpreenderam.

— Como está magra esta tua filha! Se já era feia, agora apavora.

— Oh... Amiudinha! Será mesmo ela que se vai lá adiante?

— Sumiram as carnes e as ancas. Só serve para assustar os urubus, como um espantalho. Mesmo assim, deveria preparar meu banho.

Passo por passo, Amiudinha caminhava, tão vagarosa quanto seu corpo permitia. No pátio, com a grama crescida e despenteada, ela sentou-se sob a sombra do pinheiro. O cão pôs-se ao seu lado, dando-lhe lambidas e focinhadas. Nada mal para quem há muitos anos não botava a cara para fora. A brisa das colinas os presenteou com o frescor da estação. Ela inspirou o pouco que poderia, mas para seus pulmões era como um vendaval. Permaneceu por um tempo a esperar o sol descer no monte. Enquanto isso, olhou como nunca o meu entorno. Sentiu-se então abraçada por mim e amparada até onde pudesse, nos limites dos meus muros. Nunca houve um momento tão somente seu para observar os acontecimentos sutis, como o de uma folha a cair do galho e prosseguir o seu trajeto de folha a voar rente ao gramado, juntar-se a outras e mais outras e ainda muitas, até cobrir o chão completamente. Até todas se transformarem num grande pássaro escuro.

Com a voz fraca, as palavras trêmulas, ela falou:

— É a ave da partida que me leva antes.

O pássaro cinzento rodeou o vento, abanou as asas para subir mais e desapareceu no fim do sol.

— Lá se vai em mim.

As cores da tarde preconizavam mudanças de matizes. Ainda recostada sob o pinheiro, ela permaneceu quieta. As mãos sobre as pernas e o tronco reclinado sobre o cão revelavam um deixar-se estar até quando fosse a hora do regresso. Por um tempo, seu tórax acalmou e ela respirou um ar profundo. Sonhou estar convalescendo. O antídoto seria o silêncio e a quietude. Instantes solitários em que não precisasse se mover ou dizer ou mesmo cuidar. A não ser de si, de sua cura e seus momentos.

Eu cuidava dela. Sorvia a moléstia e a espirava para bem longe. Para que tivesse instantes de alívio e paz. Seu olhar rodeava tudo e não se atinava em coisa nenhuma. Enquanto a testa ardia e pesava, ela flutuava como num torpor. Estar de corpo presente era entregar-se às sensações diversas de um quase delírio. Pensava avistar a filha defronte ao cão. Mas era uma sombra de saudade que passava e que ela se esforçava para tocar. E, quando pensava conseguir, a efígie desmanchava-se junto aos outros vultos. O corpo desejava ficar e deixar-se levar pela letargia, mas os pensamentos forçavam-na regressar.

Sobre o dorso macio do cachorro, ela voltou para o seu quarto. Da claraboia, um farol azulado refletia no chão as nebulosas mágicas.

— Eu trouxe a lua, mamãe.

De pés descalços, fez um *pas de bourrée* para dar início às primeiras lições. A menina equilibrava-se nas pontas dos pés a alongar-se com delicada leveza. Seu pescoço esguio imitava os longos caules de plantas aéreas. A tez branca contrastava com a cabeleira negra, presa em um rabo de cavalo. O rosto afilado, tal qual o de Miúda, era belo e de feições harmônicas. Enquanto ela ensaiava os passos, a mãe a aplaudia.

— Quero voar mais, mas ainda vou baixinho.

— Filha...

— Quando rodopio, imagino ser hélice. Mas sou menina.

— Filha...

— Por que não me fez passarinho?

— Filha...

— Os pássaros já são um balé no espaço.

— Filha...

— Eu vivo no chão e só sei andar.

— Filha...

— Um dia vou caminhar acima dos cimentos, quando conseguir bailar mais perto da lua.

— Filha...

— E você vai sorrir de novo, mamãe? Pintar seu rosto de carmim e me dar um beijo vermelho?

Ela vislumbrava a filha como se de longe a visse, bater ombros e braços. Ou mesmo se, de uma janela debruçada, ela acompanhasse seu passeio juvenil por uma praia larga. Mas até um leve sorriso de canto, ou um pequeno movimento de lábios, representava grande esforço. Viver era um excesso. Ela sabia. Assim, para a filha e o cão deixava o alimento e a água. Ainda para a menina, o sonho que não viveu por achar que a vida seria somente aquilo que lhe coube.

Já não sentia as pernas. Os braços ainda os queria erguer para abraçar Céu, que chegou junto. Deitou a cabeça no colo esquálido da mãe e chorou baixo.

E ela suspirou.

— Quando eu partir, foge com Lanterna para o horizonte.

— No horizonte há meninas bailarinas como eu?

— Há futuro e liberdade.

Seu peito chiava a cada sílaba proferida. O cão a lambia e emitia latidos agudos, dizeres de conforto e de adeus queria expressar.

Agora, com a respiração curta, sem controle, era uma constante irremediável. A visão embaçada distinguia a filha entre borrões de sombra.

— Dance, querida. Dance...

Céu esticou os braços e aprumou-se num gesto de elegância. Na ponta dos pés ela girou o corpo. Ergueu-se do chão até alcançar a claraboia.

— Estou voando sobre o mundo! Sou uma bailarina de verdade!

Miúda dobrou-se como um ser ferido. Seu corpo frágil foi curvando lentamente até despenhar-se de vez. Em seu lugar, agora, uma luz azulada ondulava um lago.

As pálpebras cerradas, eram um par de náufragos.

— Mamãe, como está linda vestida de ave. Veja como bailo! Já está dormindo? Mãe... Acorda!

A cova rasa e a avó...

Lanterna aguardou a madrugada profunda para levar o corpo que, de tão leve, por vezes o vento corria com ele na frente. Céu seguia um passo atrás do cortejo. O corpo pesava qual a pena de um voador distante e parecia querer seguir solitário, como se não precisasse de séquito. Eu os acompanhava com meus olhos de vidraças transparentes quando o orvalho chorava por entre as frestas. Um ruído longínquo, se houvesse, seria a voz do adeus e o soar do silêncio. Cuidadosos e, a passos vagarosos, as três criaturas de Deus queriam entregar a jovem mãe ao mais alto lugar. Passaram despercebidos ao caminharem o rastro da escuridão. Naquela noite, porém, quando tudo parecia quieto, uma luz acendeu e a janela do quarto maior se abriu

— Venhas cá ver uma coisa, homem. Vultos em procissão...

— E o que me importa? Deixe-me dormir!

— Vai lá alguém familiar, no dorso do cão. Uma menina anda atrás a levar um cisne.

— São tuas bebedeiras que te fazem ver maluquices.

Ela encaixou os óculos nos olhos míopes.

— Oh... É Amiudinha que levam!

Ele, curioso, correu à janela.

— Parece que morreu. Ora, todos morrem um dia. E daí?

Ela calçou as botinas, ainda vestida com a camisola comprida. Foi de encontro ao cortejo de quase ninguém. O cão a olhou com rigor de cima a baixo. Era a mãe. Ele sabia.

— Amiudinha! Oh... O que aconteceu, minha pobre Miúda?

Será que vejo lágrimas?

— Quem é você, menina? Por que está aqui?

— Sou uma bailarina. Uma bailarina. Vou deixar minha mãe junto da Lua.

— Sua mãe?

Céu manteve-se solene.

— Como pode ser filha de Amiudinha? Onde está seu pai? Já vem por aí?

— Eu não sei, senhora. Mas não tenho pai. Só tenho mãe.

— Se é mesmo a filha, até que se parece com ela. Só que mais bonita.

Chegaram ao local do fim. Lanterna começou a cavar um buraco na terra mais macia. As duas, filha e mãe, posicionaram-se contritas e aguardaram.

Uma cova rasa de pequenas dimensões era o que lhe cabia. E bastava. O cão a puxou pelas pernas e a fez deslizar buraco adentro. Os pássaros da noite calaram os pios, os ventos cessaram os movimentos, olhos da escuridão baixaram as pálpebras. E eu me ajoelhei composta. Se chorasse, seria o céu se abrindo em tempestade. Respirei tão fundo quanto permitiam os meus pulmões apodrecidos e acompanhei a sagração.

Seria quase que somente uma leve pena de ave a se cobrir de terra, tão minúscula era a jovem mulher de vida curta. Se antes cavava, agora o cão jogava a terra sobre o corpo.

— Leve estas asas, minha mãe, e voe para as alegrias.

E Céu jogou a liberdade para a mãe morta.

A mulher sem saber o que ofertar, jogou mais terra.

Num repente de quebrar espelhos, o padrasto surgiu frente ao buraco. Disforme, sem camisa e com as calças a escorregarem das gordas nádegas.

— Leve isso contigo para que não me esqueças!

E atirou uma pedra sobre a finada.

— Não jogue pedras, homem! Jogue flores...

O cão rosnou para ele e salivou um mar de ressaca. Ele rosnou de volta e Lanterna abocanhou seu calcanhar esquerdo. Não estavam quites, os dentes do canino eram afiados. O sangue jorrou rente à cova rasa.

— Vai-te daqui e bota o pé na água!

Ele correu desconjurando o mundo, a humanidade, os bichos e os santos.

Permaneceram os três em um silêncio contido por um tempo sem relógios.

— É um mistério, menina. De onde saiu que nunca lhe vi?

— Da barriga de minha mãe, ora.

— Seu pai é o cão? Não pode ser. Você não tem focinho, nem patas, nem rabo. E não late, sabe falar.

— Eu sei até dançar na altura do teto. Mas agora não quero. Tenho saudades de minha mãe. Sei que não volta mais.

— Venha comigo. Amorno um leite para nós.

— Obrigada, senhora. Estou com muita fome.

Lanterna seguiu atrás, atento.

— O cão vai junto? É feroz, mordeu o meu marido.

— Lanterna só ataca os inimigos. Se não mordeu a senhora, é porque não deve ser tão má.

A mulher abaixou a cabeça para um pensamento de confissão. Perguntou-se o porquê da vida e das suas trapaças e horrores consentidos. A menina à sua frente lhe causava um sentimento maior que jamais havia experimentado. E percebeu que o mundo era tão grande quanto um cão a cuidar de uma garota órfã. Olhou-a com reticente ternura e seguiram as duas para a cozinha.

— Por que tudo está tão sujo e desarrumado? Aconteceu uma grande briga?

Não houve resposta que pudesse contar o verdadeiro motivo. Ao abrir a geladeira, caíram algumas garrafas de pinga, também carnes apodrecidas.

Céu espirrou vezes seguidas e tapou as narinas.

— Que cheiro horrível, senhora! É aí que guarda o leite? Não quero mais.

Lanterna correu para o lado de fora da porta e sacudiu-se como se estivesse molhado de chuva.

— Vou chamar a vaca. Fumaça! Fumaça! Eia! Eia! Vaaaca!!

— É a sua vaca?

— É do campo, mas chega perto quando eu chamo. Fumaça!

E a bovino fêmea veio aos trotes com um badalo no pescoço. Era magra, passada em idade, a pelagem desbotada, mas ainda paria uns bons bezerros e o leite era abundante na tirada. A mulher acocorou-se debaixo do animal e começou a ordenhar. O bezerro, junto à mãe, dava saltos e correrias. Céu logo encantou-se.

— Lanterna, vem ver o boizinho. Parece um bailarino sem prumo!

O balde estava cheio.

— Venha cá, menina. Venha beber o leite puro.

Céu entornou a caneca até fazer bigodes brancos.

— Quero mais!

A mulher observava os mínimos gestos da garota e sua cabeça dava voltas.

— Então sua mãe teve um namorado e eu nem vi. Seu pai também morava no sótão?

— Eu não tenho pai. Ela me dizia que eu nunca tive pai.

— Ele morreu?

— Não morreu nem nasceu. Não existiu.

— Mas não se lembra de nenhum homem a visitá-las algum dia?

— Senhora, eu morava com minha mãe e meu cachorro. Só. Nunca tivemos visitas. A não ser as tentativas suas e do seu marido.

— Por que não nos deixavam subir até o sótão?

— Ela me dizia que vocês queriam nos matar. A senhora vai me matar?

Quantas interrogações e conjecturas a passar em uma mente desprovida de um cérebro ativo. Tão confusa quanto perplexa, a mulher não conseguia formular sequer uma hipótese. O raciocínio embaralhava-se em um nó cego que ela não saberia desatar. Uma situação inédita diante de si. Porém, havia uma verdade irrefutável, da qual ela não poderia fugir e haveria de acatar. A menina era sua neta. Não tão parecida com Miúda, mas com ela mesma, quando jovem. Longilínea e de rosto harmônico. Os cabelos negros e os olhos amarelados, de gato arisco. Uma menina ainda, que se abria num amplo sorriso quando dançava nas pontas dos pés.

— Mude-se para o quarto do primeiro andar. Quero cuidar de você.

— Agradeço, mas o cão vai comigo. E a casa fede mais do que o sótão. E está tão escura...

Do lado oposto ao quintal, uma janela se abriu. Ele, debruçado no parapeito, os braços cruzados e nus. Olhar de vagabundo, cínico sorriso enviesado. Observava a garota que surgira do nada, e então suas ideias vagavam coisas improváveis. Pensou achegar-se a elas, mas o cão estava perto, alerta, em sentinela. Não queria outra dentada, já lhe bastava a que tinha. Mas olhava e olhava. Media os tornozelos e as coxas que se mostravam na saia curta da menina. Igualmente os seios sementes que despontavam da blusa, assim como os de Amiudinha quando se tornou fêmea. A cara pouco importava, mas era bonita a danada que baixava no seu terreno. E, se eram suas, a terra e a casa, a garota lhe pertencia. Assim como toda vaca que pastava no seu reino.

A avó chamou a neta. Sua mais nova descoberta.

— Vamos dançar, bailarina?

O tango arranhou no toca-discos a dor dos amores em suplícios, desesperados. E o cantor chorava uma lamúria ardente, enquanto os bandoneons contraponteavam. O padrasto adentrou a sala do jeito que estava no enterro. Sem camisa, calça despencada, mas somente no pé direito, uma bota calçada. Ele e o cão se entreolharam. O animal, sentado em pose de patrulheiro, somente atentava aos fatos. E atacaria o homem acaso de Céu ele se aproximasse. O casal juntou as pernas e riscou a sala inteira, na dança predileta. Céu não dizia nada. Só olhava espantada.

— Não sei dançar isso. Estão brigando quando se agarram?

Os dois gargalharam a despeito do comentário da menina. E daquele jeito desgrenhado rolaram de tanto rir, e ainda mais se agarraram. Ela, puxando-lhe as calças para que se mostrassem as nádegas. Ele, levantando-lhe a saia até as calçolas velhas. Céu deu risadas curtas, mas a dúvida era se chorava por ver uma cena de circo, ou uma tragédia melódica. Enfim, cansados da patacoada, ambos se sentaram no chão, exaustos de tanta proeza.

E uma ideia passou-lhe à mente. Como já era prevista.

— Mulher! Já temos a criada!

Apontou para a garota.

— Contanto que ela limpe as botas, faça a comida e varra a casa. Tire toda a poeira e raspe os sangues das panelas. O cão pode ficar de guarda.

Céu abraçou Lanterna como para proteger-se de algo errado que se anunciava. Ele aprumou as orelhas e mexeu o focinho escuro para melhor farejar e intuir com sua percepção aguçada.

Aquilo não era bom, e tudo mal-cheirava. Dos tapetes encardidos às pias da cozinha entulhadas de restos de carnes putrefeitas. Com os dentes à mostra, Lanterna começou a rosnar para o padrasto de Miúda.

— Venha para o seu novo quarto, menina. Pode trazer o cachorro.

Virou-se para o marido com certa autoridade, e sem uma decisão tomada.

— Depois falamos sobre isso. Ela tem de descansar. Enterrou a mãe...

Conduziu a jovem até o quarto de hóspedes. Eu via tudo, sem poder falar ou prevenir. Tocaria fogo em mim mesma para evitar o pior. Mas, antes, levaria Céu e Lanterna para bem longe. Para que seguissem uma vida melhor. O futuro dos sonhos a que teriam direito.

— Uma cama macia só para você. O cão dorme no tapete, ao seu lado.

— É tão maior do que meu quartinho lá do alto! Tem certeza de que me quer aqui, junto à senhora e àquele homem? Por que ele está sempre zangado? Grita muito, e eu não gosto.

— Descanse. Você precisa. Mais tarde chamo por Fumaça e ordenho mais leite. O fogão funciona uma boca, e te trago uma caneca quentinha com o mel que tenho guardado.

Apagaram-me as luzes da sala. Mas eu não dormi, porque mal respirava.

— Estás de olhos esbugalhados? No que pensas?

— Quem é a lindeza que baixou de repente? De onde veio?

A mulher virou para o outro lado e escondeu a cara debaixo do travesseiro.

— Do jeito que tu a recebes parece que já a conheces. Vais me dizer quem é a cabritinha? Ou quer que te arranques a língua?

Gargalhou até arremeter as flatulências.

— Pois queres mesmo saber, então falo, mas não te espante. É a filha de Amiudinha. A finada que hoje foi para o mundo dos anjos.

E chorou pela primeira vez em sua vida.

Sois Vós?

A mulher, hoje mais velha do que ontem, foi sentar-se à sombra de uma pedra para pensar. Os rumos dos ventos levantavam as folhas amareladas que as rodeavam como pensamentos em turbilhão. Não queria pensar, mas pensava mesmo sem querer. Abraçava as pernas, puxava os cabelos para trás, a mão esquerda na testa, depois no queixo e na boca. Respirava fundo. Respirava. O coração pulsava desordenado quase a sentir nos dentes, quando ela rangia e mordia os lábios secos. Olhava para os morros distantes, logo depois para o chão de barro. A seguir, para o nada. Fixou no céu extenso o olhar, e, por fim, nas nuvens em formações diversas. Ela queria ver Deus.

Achava que nunca tinha O visto, por não muito crer no Criador e jamais O procurar. Agora, que lá estava a espreitar o Altíssimo, Ele deixar-se-ia encontrar. E pensava.

— Só enxerga Deus quem O procura.

E mais pensava e mais buscava. Buscava. E esperava qualquer sinal que fosse. Qualquer um, pois muito teria a dizer-Lhe, e a rogar-Lhe clemência. Dissertaria toda a sua vida de insultos e podridões para alcançar a graça da absolvição. E, se a vida fosse mesmo eterna, ela a viveria também depois. Isso era uma vantagem para crer Nele e achá-Lo. Viver a vida após a vida.

Levantou-se para melhor ser ouvida e assobiou fazendo uma flauta na boca com três dedos. Assobiou uma, duas, três, quatro, cinco vezes. Sentou-se para esperar a resposta. Aguçou os ouvidos para auscultar o vento. Nada.

— Onde estás, ó Deus?

Tanto silêncio.

— Deus, você... Ó... Não. Vós me escutai? Eu chamo por Vós?

Tanto silêncio.

— Ah... Vossa excelência me ouve aí?

E a mulher parou para observar as coisas que poderiam ocorrer ao seu redor. Uma asa surgindo, ou uma nuvem se abrindo, ou a luz emergindo de um ponto escuro, ou os sinos do céu badalando sem campanário, ou o morto ressuscitando da cova, ou mesmo sua filha Amiudinha correndo no pasto para pegar água no poço.

Espiou o vértice do meu telhado maior e achou uma ave fêmea a cuidar do ninho. Seria Ele? Pensou. E, enquanto a ave trabalhava, ela esperou sair dali o Espírito Santo. Viria com as asas enormes batendo e pousaria à sua frente na forma de um vulto santíssimo de grandes mãos em cruz.

Então, foi quando percebeu uma luz de estrela a cair e riscar o horizonte. Um assombro diurno que ela pensou ser Deus. Esperou as palavras solenes de uma voz grave e enérgica chegarem dos céus. Aguçou os ouvidos e ordenou aos ventos.

— Silêncio! Eu preciso do silêncio!

Acocorou-se mais sob a pedra para esperar os sinais.

Nada aconteceu e ela olhou para trás, para os lados dos morretes de capim, onde uma cabra corria atrás de um rato. "Será Ele? Será Ele?" E, à frente, os papéis voavam levantando poeira escura, enquanto a porta da cozinha sacudia sozinha e batia com força. E ela correu para pegar o Deus que parecia estar confuso ou muito atarefado para ter com ela uma prosa séria. Uma conversa de mortal para o Perfeito.

Uma serpente a enganou num galho e cuspiu uma maçã roliça.

— A maçã de Eva! A maçã de Eva! Devo comê-la ou irei para o inferno mesmo?

A serpente sorriu-lhe um quase bote. Ela recuou muito assustada.

— Enviaste-me o diabo para me tentar, Deus? Eu peço Vossa misericórdia.

E a peçonhenta fugiu no meio do mato e sumiu. Os galhos farfalharam abrindo caminho com um som espesso de passagens ásperas. Ela, agora de pé, levantava os braços e os balançava a simular um sinal de boas-vindas. A qualquer momento Ele poderia surgir para ter com ela a prosa divina. Nunca estivera com Ele, jamais lhe deu um amém ou uma reza decorada. Nas igrejas, entrava para comer hóstia ou beber a santa água. Sem qualquer escrúpulo. Certa vez, entrou na sacristia e levou o dinheiro do dízimo que estava sobre a mesa grande, empilhado, que seria dado às caridades. Saiu sorrateira do templo, disfarçada de crente para logo encontrar-se com seu homem, entrarem num botequim e acabarem com o estoque de aguardente.

Agora, ajoelhada, passou a mão sobre a terra para encontrar uma pista. Arregaçou as mangas da blusa e começou a cavar um buraco. Para que fosse fundo, muito fundo, até atingir os lençóis freáticos, e depois quem saberia onde. Talvez Deus lá estivesse, já que não se encontrava nos altos onde deveria reinar, como um ser das nuvens, um ser dos raios solares, ou mesmo das formações de tempestades, assim como constava nos livros solenes de capas duras. E cavava, cavava para chegar às camadas, ao manto, à crosta, ao núcleo. Sem que soubesse, acharia a história do mundo e, assim, as inscrições de Deus. Nas mãos cheias de terra, respingava suor de seu rosto. Os braços já iam fundo, e ela quase que mergulhava, quando ouviu uma voz ao longe, muito ao longe, pros lados da estrada velha.

— Deus! Já brincas comigo? Enquanto te busco nos fundos, me surges nas alturas?

— Ô, mulher!

— Senhor! Louvado seja!

— Estás a cavar tua cova?

— Não, Altíssimo. Procurava por Vós. Amém.

E fez o sinal da cruz.

— Já dizes amém antes da hora? És precavida, hein?

— Sou tua... Oh, não. Sou vossa serva e peço... Oh, não. E Vos peço a clemência antes que seja tarde.

— A clemência? Eu bem que gostaria, mas não posso.

Ela procurou a imagem do Divino. Não O via, somente ouvia aquela voz.

— Não podes me dar a clemência? Estou tão encrencada em meus pecados?

Silêncio. Só a brisa a responder em uivos baixos.

— Então eu Vos peço que me dê a absolvição antes que seja tarde.

— Eu não posso, mulher.

Ela intrigou-se.

— Mas não és... Oh, não. Não sois Deus o Todo-Poderoso quem me fala?

— Eu? Deus?

— Sois Vós? Sois Vós?

— Não, senhora! Eu não sou Deus e quisera ser um santo ou um anjo. Mas sou teu vendedor de esquifes. Não te lembras de mim?

Ela aprumou-se e correu na direção da voz. O homenzinho curto lá estava no alto da estrada de terno preto, agourando até os abutres.

— Quando a vi cavando, achei que abrias uma cova. Posso vender-te um velório de rainha. Melhor será do que uma cova rasa, como a de tua finada filha. Eu bem a vi, pobre moça. Que Deus a tenha recebido, alma pura e sofredora.

— Saia daqui, seu trapaceador de fiéis!

— Não queres comprar tua morte?

O pano fechou.

Voltou para casa aborrecida. Não viu Deus, sequer escutou Sua palavra em voz presente. Não recebeu o perdão que buscava para continuar a vida. A vida que mudara num repente com a perda de sua filha e a chegada da neta encantadora.

A encantadora neta. A menina que bailava e sorria como um astro claro. Ao contrário de sua filha, feiosa, manca, cabisbaixa e sem luz. De quem teria herdado tanta vivacidade e graça? De si? Não saberia. Pouco se recordava da juventude. Era uma memória longínqua e desbotada que ela não mais identificava. Esforçou-se para recordar sua família. Sequer uma nostalgia, um acontecimento. Nada. Provável fosse um amontoado de peças espalhadas que não agregava. O pai. Sim, o pai quem sabe fora um grande artista. Daqueles famosos que levavam os circos mundo afora com hipnotizante fascinação.

— Amiudinha, a danada, deu um passo fora de casa. Passo mal dado, assim como eu fiz tantas e tantas vezes. Mas era diferente a Miúda, até por ser feia e não desejada pelos machos. Como poderia ter estado com um homem se mal saía de casa?

Isto muito a instigava!

Num raio de poucos metros do portão, até o pasto na estrada, era onde se aventurava. No mais, da cozinha para a sala e para o seu sótão, ou para lavar banheiros. E agora? A mulher só pensava por onde andaria esse maldito que emprenhara Miúda e fugira sem mais querer vê-la.

E, quanto mais pensava, mais se encafifava.

Ela escondera a criança por anos e anos sob a guarda de um cão. E de onde veio o animal? Nunca o tinha visto a rondar a casa. Se tivesse, o espantava, decerto, pois o marido odiava animais. Se os tinha, era para comê-los. Os ratos, os gatos, as cobras. Mas nenhum cão. Ela não se lembrava de qualquer perebento a rogar comida na soleira.

O pai de Céu... Sequer imaginava quem seria. Foi quando um clarão lhe veio à mente e ela desvendou o enigma com a argúcia que lhe cabia.

— Seria o Espírito Santo?

Casta e sóbria como era a filha, só poderia ter recebido o sêmen do Divino. E a luz do Altíssimo emprenhara seu ventre. Assim como a mãe do Cristo, a virgem velada. Sua neta era uma santa criaturazinha. Por isso, bailava até voar. E encantava com seus olhos e sua voz de anjo, quando um anjo canta.

A bailarina

Em minha enfermidade progressiva, eu via a menina Céu bailar cada vez mais com beleza e elegância, a quase atingir a perfeição dos pássaros mais delicados. Meus aposentos e dependências estavam muito sufocados, mas ela pouco sentia, porque bailava alto, acima das camadas empoeiradas. O cão, sempre por perto, cuidava dela com aquele zelo de um guardião fiel. E ele não era vítima da asma que acometia os outros, porque, assim como a menina, dava seus saltos mais aéreos para respirar.

— Avó! Venha me ver equilibrar nos cabos elétricos!

A mulher aplaudia e aplaudia a pedir muitos bis.

— Agora vou atravessá-lo na ponta dos pés, até o poste onde está a pomba.

Plié. Tendu. Jeté. Lançando o corpo em alongamentos mágicos e leves. A saia curta e rodada como a de uma bailarina verdadeira revelava suas coxas de menina vaporosa e levemente atlética. Os cabelos por vezes cobriam-lhe o rosto, outras vezes ficavam para trás, a depender dos ventos. Lanterna, de prontidão, em posição de sentido qual um soldado de indefesos, atentava ao derredor. Dois olhos de pálpebras despencadas observavam de dentro da janela os acontecimentos. Atrás das cortinas, para não ser visto, o homem olhava e esbugalhava. Abria a boca de dentes falhados e putrefeitos enquanto a língua pendia para fora enviesada. A saliva pingava como se visse um pedaço de carne apetitosa. Uma galinha morta. Um rato gordo. Uma lagartixa branca. Ou mesmo uma batata suja de terra. As mãos trêmulas buscavam o sexo inchado a explodir das calças. Atrás da cortina, sempre atrás dos panos, ele se camuflava até que só um olho aparecia para perscrutar, enquanto uma baba amarela escorria da bocarra. Gemia baixo palavras desconexas saídas do seu dicionário fétido e algumas barbaridades consentidas. E gritou no gozo sórdido.

— Ai! Ai! Ai! Vou te matar! Vou te matar, cadelinha!

Desequilibrou-se a menina do cabo elétrico e veio ao chão.

— Neta querida!

A mulher e o cão dela se aproximaram e cuidaram como se fosse um passarinho de asas machucadas.

— Os ventos moveram o cabo, minha filha?

— Não, avó. Eu ouvi o barulho do fim do mundo. O barulho do fim do mundo!

A mulher não compreendeu, pois nada escutara. A não ser o rosnar do cão Lanterna.

— Como é então esse barulho?

— É uma bola de ferro do tamanho da lua desabando sobre um ninho.

Ainda sentada no chão de barro, ela começou a chorar baixinho, como um miadinho de gato novo. Espalmava as mãos sobre o pé direito, que inchava qual uma bola de gás.

— Seu pé está a inchar muito depressa. Vamos para dentro cuidar.

A mulher avó levantou a neta do chão, ajudando-a a caminhar.

— Não consigo andar. Dói muito.

E pôs-se a chorar mais alto, como uma criança. A mulher a tomou no colo, pois pouco pesava a pequena. O cão, sempre atrás das duas. No quarto, ela a deitou sobre a cama e examinou o seu pé.

— Eu não sou doutora. Sua mãe se curava de dentro para fora. Mas o seu pezinho transformou-se numa esfera roxa. Deve doer...

— Avó! Cuida de mim! Cuida de mim! Minha mãe viajou para o nunca mais.

A mulher, agora uma avó encantada, tratou de rasgar uns panos dos lençóis mofados que cobriam a cama. Muitos panos. Enrolou o pé da neta sem muito jeito para o alívio. Puxou-o para os lados para melhor enfaixar.

— Ai! Ai! Está doendo, avó!

— Desculpe, querida. Nunca enfaixei um pé. Sou uma desastrada.

Após beber um leite quente e se acalmar, a menina dormiu. Lanterna, na posição de costume, lambia os panos do machucado na intenção de curar sua dona. E uivava baixinho, como um choro entristecido de cão esmerado. O que o era, por sinal, aquele que cuidava para que nada de mal lhe ocorresse. Mas falhou. Sentia-se assim, impotente e culpado por não ter amparado com suas patas largas de pastor, ou mesmo com o focinho ou o espesso rabo peludo. Ele poderia ser tudo. Um cachorro manso aos pés da dona, a dormir. Um lobo sorrateiro que morde os inimigos na escuridão. Um cão voador, quando fosse necessária uma grande providência. Um urso a se agigantar em pé, diante do oponente para devorá-lo.

No quarto do casal, o padrasto se regalava comendo pedaços de porco cru, logo após o gozo encoberto. E pensava. E pensava naquela criança garota, de saias curtas, pernas à mostra, a dançar nas alturas.

— Elas fazem de propósito para que as vejam assim, quase nuas — disse para si mesmo.

E outra vez o sexo se avolumou, quando a mulher adentrou o quarto para apanhar uma tesoura. Agora, sequer vestia as calças.

— Estás tarado, homem? Já, assim, tão obsceno?

— Venha cá, sua velha! E me serve!

Ela se esquivou adiantando-se à porta. Ele foi ligeiro e a pegou pelas ancas, com força de bruto homem.

— Larga-me, libertino! Eu não quero!

— Tu não tens o querer! O querer é o meu!

Ele a jogou no chão e prendeu-lhe as mãos como se as pregasse. Ela nada poderia fazer, além de se debater e tentar uma reação inútil. Muito inútil.

— Pare! Pare! Eu não estou com vontade, seu estúpido!

Ele não parava e sequer atentava para os pedidos dela. Poderia ser qualquer uma, qualquer coisa, ou animal que por ele passasse. Ela começou a socar as suas costas maduras e pelancudas. E num repente, com um gesto abrupto, ele a jogou de lado. As sobrancelhas zangadas.

— Não serves para mais nada, mulher! Tu és um buraco de areia. Uma folha seca da caatinga.

Depois de ajeitar-se, pôs-se a correr aos resmungos.

— Vais me pagar! Não te atrevas a chegar por perto. Ficarás aí, babando sozinho. Vou ficar com minha neta!

— Não faz diferença. Me ajeito com as cabras. E a tua vaca de leite.

Ela bateu a porta num estrondo, que me fez estremecer nas lâmpadas.

— Mas me servirás com vinho e carne! Cachaça com petiscos de ratos!

* * *

O homem. A mulher avó. A menina Céu. O cão Lanterna. Esses, os meus proprietários hóspedes, que conto só para lembrar-me, uma vez que sofriam transformações. Quatro habitantes em meus alojamentos, minhas cercanias, antes tidas como quase um burgo, uma morada dos mais dignos e cuidadosos anfitriões que, se me deixaram, foi por impossibilidades além do desejo de permanecer sob meu teto. E agora eu era um mero depósito de sobras. Quem me avistava de longe, via-me entortada com um ombro mais baixo do que o outro. Ah! Quem me dera uma massagem nas paredes. Um afago. Uma limpeza urgente na chaminé, que já nem mais desprendia uma risca de fumaça de tão entupida. Retinha-a e soltava-a pela parte de baixo, da sala. E eu tossia. E eles tossiam. Tossiam e se engasgavam com o próprio ar, na convulsão ruidosa do peito ou da garganta. A menina, além do pé lesionado, reclamava em choramingas.

— Avó! Quero dormir, mas não posso. Quero minha mãe, mas ela não volta.

O vento por vezes era aliado, quando levava para outros lados a fuligem. Porém, devo contar em desabafo que, certas noites, ele trazia o rabo do diabo cuspindo o enxofre que vinha dos fundos. E não era possível viver daquele modo. O odor acre subindo as escadas como uma alma turva combalida que eu avistava, sem norte, a tropeçar nos batentes, a subir nos topos das mesas, pensando escalar as pedras do purgatório. Naquela noite, a respiração era custosa e todos ouviam o engasgar-se e o arder das línguas ressequidas. Não mais direi sinfonia para descrever os sons consecutivos, com intermitentes espasmos e engasgos. Comparar a uma sinfonia seria remeter ao meu pianista que engrandecia às estrelas, ao tocar as teclas do seu piano em estado de paixão. Agora, as semicolcheias não seriam as de um presto de Mozart, mas as de uma coqueluche a explodir em escarros malcheirosos. Estavam todos doentes, e eu tentava falar com as árvores para ventar um eucalipto ou a purificação da fotossíntese. Que fosse uma trégua. Um descanso para todos, principalmente para a minha pequena bailarina da asa machucada.

Se me avistassem ao longe, me veriam qual uma turva imagem sem diferençar de um embaçamento. Uma neblina. Um manto hermético de cerração. Uma cegueira.

Lá pelas partes de mim eles se locomoviam no escuro, por vezes tropeçando nos móveis. Ou batendo as cabeças nos quadros tortos. Porém, nada deixava de seguir o rumo dos desencantos, das dores, dos desejos e das obsessões.

— Avó! Ouvi o barulho do fim do mundo! Outra vez, o barulho do fim do mundo!

— É o diabo, minha neta! Deve ser ele a nos querer levar para as brasas.

E o homem, no leito do casal, urrava como um porco satisfeito. Próximo a Céu, Lanterna latiu tão mais alto do que o rugido do rei da selva, como se aceitasse o desafio de morte. Ele sabia. A consciência de que somente um poderia viver. E o duelo estava lançado, cada qual com seu sinal de guerra. A luxúria contra o brio. A covardia contra a lealdade. E pôs-se frente à porta como um gigante canino. Os dentes já à mostra. A menina chorava, enquanto sua avó tentava, em meio à cerração, achar a vaca de leite.

— Quero me banhar, mulher!

Não houve a pronta resposta dessa vez. Mas um latido grave e longo.

— O que eu sou agora? Não tenho mais lacaia?

A mulher veio sem leite no tacho. Ele prosseguia seus impropérios e descalabros, a proferir as piores sentenças e a ensurdecer os ouvidos dos caninos.

Uma vez o dono do mundo, sempre o dono do mundo. O coronel dos quartos, o capitão das portas e o general dos banheiros. Não haveria de mudar essa hierarquia, as patentes inquestionáveis, a autoridade do macho alfa. Aquele que viera ao mundo para ordenar e ter um séquito de criadas fêmeas para vesti-lo e depois despi-lo. Como para despi-lo e depois vesti-lo. Para as vontades básicas e inquestionáveis do homem. O escolhido pelo Criador para usufruir das satisfações mundanas e poder prevaricar sem a culpa que cabia às mulheres carregar. Somente às mulheres. A culpa é de Eva, não de Adão.

Então, ele não poderia deixar sua vida a correr assim, sem o seu império de cinzas femininas. Mostrar quem manda no curral, com as vacas ajoelhadas às suas botas, e o chicote a dançar. Porém, entre as suas mulheres e ele, havia agora um obstáculo a eliminar. O cão. O estorvo que do nada surgira e que mudara o rumo dos seus prazeres.

Soprou a fumaça que escurecia o quarto. Puxou uma cadeira e nela subiu para alcançar as portas mais altas do armário. Meteu as mãos nos fundos enevoados e tateou o velho bacamarte que, antes de vir morar em mim, trazia sempre consigo, pendurado às costas.

Com as mãos encardidas, sentiu que as engrenagens estavam perfeitas. Soprou para tirar o pó da arma e cuspiu no cano para limpá-la. Na base da coronha, a pólvora. O chumbo encheu o cano com as pelotas. Acendeu o pavio. Os passos eram pesados, mas silenciosos. Estava pronto. Olhou através da fechadura procurando se Lanterna estava lá em sua posição caricata de defensor de fêmeas. Não havia mais dúvidas. Abriu a porta, e a distância era curta. Lanterna rosnou grosso e ensaiou um salto. E, antes que o cão voasse, o homem atirou na sua cabeça num movimento só. O sangue jorrou quando o crânio explodiu como um balão de gás. O animal já quase morto ainda gemia curtos espasmos quando levou uma coronhada, agora no peito. Depois outra. Agora no coração. E a morte veio.

— Vou matá-lo muitas vezes. Uma morte não lhe basta.

Atirou como se ainda houvesse pólvora, e esmurrou a parede com a arma arcaica. Pôs-se frente ao animal, exibindo-o como caça. Com o orgulho dos covardes. E urrou. Urrou até regurgitar.

As duas mulheres se assombraram.

— Avó! Avó! Esse barulho não é o do fim do mundo! É outro! E o que é, avó? O que é?

— A morte, minha neta. É o barulho da morte.

* * *

A desolação soprou como um fantasma em uma manhã, quando o dia se esquece de nascer e deixa o sol guardado na noite. O ditador voltara ao seu posto. Ao seu trono de dejetos. Caminhava sobre meus assoalhos com pisadas pesadas, barulhentas. E gargalhava uma piada de bufões, enquanto urinava nos assentos das cadeiras.

— Coloquem o animal na panela!

Enquanto isso, as duas mulheres corriam pela floresta levando o cão morto. Na terra mais fofa, cavaram com pressa um buraco. Envolto num lençol, Lanterna jazia agora em seu eterno. Uma cova rasa, assim como a de Amiudinha. Como a de outras almas nobres, que não jazem mausoléus de muitos quilates, mas que atravessam uma vida com gestos amáveis e discretos e recebem a pouca terra por cima de sua morte.

A menina sofria com suas dores profundas. A perda do cão amigo e o pé machucado. Enquanto a avó queria se embrenhar pela floresta e fugir da sina que se adivinhava, a menina pedia para voltar ao quarto e descansar. A bailarina ferida que antes alçava passos suspensos, com gestos ligeiros, agora suplicava um alívio.

— Avó, me leve para a cama. Quero dormir.

A mulher sabia dos riscos. Mas como escapar pelas trilhas com a neta em tal estado? Melhor regressar e rezar aos santos protetores das meninas virgens.

Era tanta a cerração que custaram a me achar. Identificar-me como casa e não como vulto. Oh! Quanta tristeza a minha, a de transformar-me de edificação sólida para um amontoado de lixo fumegante. A derrocada nunca prevista, quando outrora me erguia em telhados circunflexos de estilo normando, reluzentes aos olhos de quem passava ao longe. Hoje, isso. E a doença que me avançava com metástases nas paredes e já a corroer o interior dos tijolos. Como eu doía e como eu chorava. Discretamente. Como sempre fora. Assim, reservada. A viver para servir e abrigar meus habitantes, todos eles cheios de cuidados comigo. A lavar-me os pisos, a varrer-me os cantos, a limpar-me das teias de aranha e dos cupins de minhas madeiras, a pintar-me de cores diversas, aos gostos de cada um. Assim tanto fui feliz por mais de um século.

E, enquanto elas regressavam, o homem vilipendiava inquieto.

— Avó! O barulho do fim do mundo! Outra vez, avó! O barulho...

— Sossega, acalma.

E elas me adentraram. Em meio a cerração, algumas luzes acesas. As que sobravam, suficientes para chegarem ao quarto de Céu. Agora, o abrigo das duas. O refúgio. O esconderijo descoberto e vulnerável.

A menina se aninhava entre os lençóis cinzentos. Dormiu um sono de alguns minutos e sonhou com seu balé, sua mãe e seu cachorro. Os três, como sempre fora por toda a sua vida, juntos, a dançar ao redor da lua. Aquela que avistava da claraboia onde moravam. Sua mãe cantava um duo medieval com Lanterna, que respondia em uivos agudos de um sol soprano contínuo. Ela dançava um balé inverso, de cabeça para baixo, com as mãos a equilibrar-se sobre o parapeito da janela. Às vezes, chegava um bruxo sem cabeça, mas ela o soprava para longe e o medo se dissipava.

Foi quando despertou de súbito.

— Ouço outro barulho, avó. Uma serra dramática.

— É só o ronco. Ele dorme. Vamos até a cozinha beber um leite.

Enquanto ouvissem o ronco, estariam seguras, e poderiam circular nos arredores. Prosearam um pouco e o tempo até pareceu sumir.

— Sentirei saudades de Lanterna. Agora são duas saudades para sentir.

— Encontraremos outro cãozinho na floresta. Quando você se curar e partirmos.

— Por que ele é tão bravo? Faz coisas esquisitas.

A avó não tinha resposta. Juntou-se a ele um dia, sem saber que vinha de um covil de peçonhas e que não guardava nenhum santo no bolso. E ela? Bem, ela pactuava com as sandices e vergonhas. Achava que assim era o mundo. Habitado por pessoas desse jeito, porquanto não conhecera os diferentes. E, quando lhe nasceu a filha, entendeu que levava um estorvo canhestro para não se orgulhar. E assim fora todo o tempo em que a esquisita lhes serviu, de cabeça baixa e voz guardada.

Adentraram a sala, cuidadosas, quando toparam com ele, de pé, recostado à mesa e a fazer poses.

— Homem, estás no delírio? Vá vestir as calças!

— Para quê? Para quê?

— Menina, corra para o quarto! Corra!

Céu, aos pulos numa só perna, refugiou-se.

— Ela terá de se acostumar a me ver nu!

— Ver-te despido não é privilégio. É insulto.

— Tu agora me dizes isso, mas antes me implorava amassos. Ora, vai trabalhar! Quero um banho! Prepara meu banho e chama a guria para me lavar. Anda! É uma ordem!

Segurou o bacamarte e o apontou na direção da mulher.

— Desvia essa velharia ou chamo a polícia!

— Essa velharia matou o cãozinho lobo do inferno! Polícia? Mas que piada essa!

Ela sem mais dar respostas, adiantou-se para o quarto. Procurou a chave. Não havia nenhuma. Empurrou uma poltrona pesada contra a porta. Percebeu que já estava ficando velha. Faltou-lhe o ar, o coração acelerou fatigado.

— Avó, por que ele grita com você?

— Porque está fanático, minha neta.

O meu coração nas bases dos alicerces também estava cansado, a extrassístole se sucedia como espasmos de marolas em mar batido. E ainda havia a arritmia que fazia tremer janelas e portas quando um copo caiu da cristaleira. Estivessem lá os sismógrafos, diriam se tratar de um terremoto, cujo epicentro era a minha fundação. Eu. O centro de um abalo de terras quando as minhas placas tectônicas se acomodavam para depois dormir sonos de décadas. Quem me dera, fosse eu o centro maior de algo significante. Mas não. Era um abandono sem volta, cujos habitantes estavam prestes a se engolir, e eu seguiria com eles para os fundos de um sumidouro.

No andar de cima, arrastavam-se móveis e espatifavam vasos contra as paredes. Barulho de correntes puxadas por mãos brutas. Ruídos de passos ríspidos grosseiros, uma profusão de pisadas e pulos a fazer vibrarem meus tapumes. A voz era grave e rouca. O idioma, o dosególatras, a proferir um verbo atrapalhado advindo do inconsciente insalubre de um homem sem febre. Inquieto, ele chutava o ar contra a ventania.

— Avó! O barulho do fim do mundo!

Entropia
a equação da desordem destrutiva

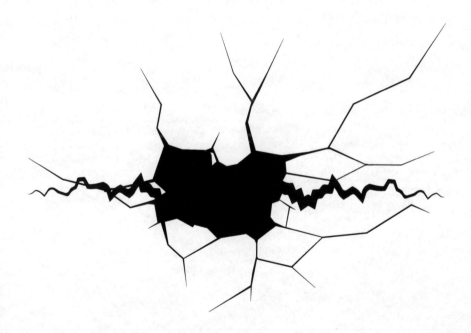

Arquimedes já dissera, desde o início. "Todo corpo mergulhado num líquido sofre uma força chamada de impulso, que corresponde ao peso do volume do líquido deslocado às vezes por uma besta. Por esse motivo, os corpos mais densos do que a água afundam em delírios, enquanto os menos densos flutuam no excelso."

A água da banheira transbordava a alagar o piso. Já imerso, não lhe bastava somente esfregar o corpo para limpar-se, tampouco fechar as válvulas das torneiras, mas debater-se, chacoalhar-se, a bombordo e a estibordo. Afundar o barco. Um comandante náufrago, mas que se julgava o Poseidon, e que, em vez de valentias, comandava a insânia.

— Uma mulher aqui para me lavar! Que seja a nova, não a velha!

Provocava uma tormenta repleta de desordem e cegueira, clarões de relâmpagos ao ligar e desligar initerruptamente o interruptor até enlouquecer os meus circuitos elétricos. Pedidos cordatos não lhe bastavam, mas gritos imperiosos, entre espirros e arrotos sem qualquer pudor.

— Avó, uma tempestade está caindo aqui em casa.

— É o dilúvio a nos querer levar.

— Temos guarda-chuva?

As águas já começavam a correr pela escada, nos primeiros degraus com as gotas iniciais ainda poucas. Em uma fração de tempo, uma cachoeira vinda da cabeceira de um rio, que não trazia o batismo da natureza, mas aquele provocado por mecanismos estúpidos do homem.

Alagada, a sala era um rio raso. As mobílias, quase a flutuar, já colidiam entre si. Um movimento de diálogos surdos entre madeiras. A água avançava pelas soleiras das portas, como serpentes aquáticas voláteis.

Entre a inundação e o ar rarefeito, eu estava entre o afogamento e a dispneia. E os tijolos amolecidos já se esfarelavam, enquanto os pilares entreolhavam-se aflitos.

Alguns quadros entortados, outros já tombados no chão. Os poucos livros a caírem da estante e voarem com as páginas abertas para lerem-se a si próprios em voz alta. "Tu não devias ter ficado velho antes de ter ficado sábio. (...) Ótima escapatória para o homem, esse mestre da devassidão, responsabilizar as estrelas por sua natureza de bode." E a voz dos livros era serena, mas misturava-se aos indizíveis impropérios de dicção rude daquele que se julgava o mandador do gado e de mim. Moléculas perdidas na sala, enquanto os anjos não vinham para orientar as coisas.

As coisas estavam trocadas. Coisas simples. Panelas e pratos no lugar das camas e os travesseiros sobre as pias. Havia um copo voador que mirava cabeças, mas as duas mulheres ainda estavam no quarto a resguardarem-se, enquanto o outro preparava-se para descer ao meu primeiro andar. Era lento. E do caos não tinha medo. Afrontava-o, quando desdenhava ser uma brisa passageira.

— É só uma aragem. Sou forte, ela não me pega!

E ele afirmava aos berros.

— Eu levanto um boi no braço! Rasgo um cavalo a dentadas. Com um pontapé, jogo um trator no barranco. Sou um atleta! Sou um atleta!

O que poderia fazer um ser sólido, edificado e inerte, para conter o motim dos móveis, regidos pelo desvario? Calculava uma reação, um antídoto talvez, mas estava presa em minha própria construção. Porém, nunca ao pensamento. Esse era liberto e andava com a alma. Pergunto por que não fizeram as casas com rodas, pernas ou asas? Por que nos construíram assim, inativas e subservientes, sem reações à altura dos ataques?

— Avó, estou com sede.

— Se aquieta. Logo tudo passa.

— Vamos ficar aqui para sempre?

— Tudo passa. Tudo passa.

— Se é para ficar para sempre, prefiro o *para sempre* com minha mãe.

— Não diga isso, minha neta. Ela está na casa da morte.

Na casa da morte mora a mãe. E a filha em mim mora. Na casa do caos. Quanta saudade de quando era pequena, no quarto da claraboia rodeado de sessões mágicas e mensagens dos astros muito próximos.

— Vou beber a água que empoça o quarto, avó.

— Ela vem da nascente da imundice, minha neta. Não beba.

— Mas a garganta dói de tão seca.

— Vem do pecado. Não é abençoada como a que chega dos montes.

— Estou engasgada, e sem ar também. E meu pé dói, avó.

Ao sair, por fim, da banheira, sequer enxugou o corpo volumoso. Empurrava a água com os pés a fazer marolas no chão de mármore. Depois, na cabeceira da escada arremessou um mar enquanto descia a apoiar-se nos corrimões, como se fossem salva-vidas. Lento, ao mesmo tempo que decidido, ele sabia bem do seu desejo. Já não havia percalços, tampouco cachorros fidedignos para travá-lo. Chegara o momento.

Marolinhas, brisas e brumas não o intimidavam. Ao contrário, lhe inspiravam como a provar superação e domínio. A grande força do homem sobre tudo e sobre todas as fêmeas ariscas.

— E agora, esse barulho de gigante caminhando, o que é?

— São pisadas de quem quer afundar o mundo.

— Avó!

— Não fale. Não se mexa. Não respire.

E ele chegava. Cada vez mais chegava. E, cada vez mais perto, a proferir aquele idioma de impolidas idiossincrasias em vocabulário impenetrável, a não ser pelos xingamentos.

Apesar de encharcado, a testa suava, bem como as mãos meladas a alisarem o corpo desnudo. Por um instante, a imagem do cão veio-lhe à mente, ali, frente à porta, a mostrar os dentes e a grunhir. Ele riu alto. Ele riu muito alto, abrindo a boca mais do que poderia, quando lhe escapou a dentadura. Sem qualquer remorso, chutou a peça dentária que logo afundou nas poças. E suas frases agora se tornavam mais incompreensíveis, mesmo assim ele urrava.

— Ah! Não preciso de dentes. Dentes são para falar e as palavras não me servem.

No quarto.

— Avó, o que ele está dizendo?

— Diz que o dicionário morreu, minha neta.

Não seriam tantos quilômetros para chegar à porta do quarto das mulheres que justifique uma extensa prosa. Eu não me estenderei tanto para narrar somente alguns passos. Não. Caso me disperse em conjecturas e filosofias, tu, leitor, dispersarás a tensão bem como a aflição que já existe em demasia. Assim, tenho ainda que pensar nos desfechos e nas soluções, muito além do que permite a minha humilde imobilidade.

Ele girou a maçaneta. Estava solta. Mas do lado de dentro havia uma força contrária, para a qual ele deveria aplicar outra de maior energia para abrir a porta. Seria preciso compreender na íntegra?

A aceleração obtida por um corpo é diretamente proporcional à força aplicada sobre ele e também inversamente proporcional à sua massa.

Teria o seu corpo maior massa do que a poltrona antiga? Comecei a fazer cálculos. Elucubrar uma matemática longínqua,

mas meu cérebro estava febril e minha cabeça rodava em dese-
quilíbrios de fraquezas. Estava no fim. Enquanto ele enfurecia
a soltar fumaças de catarro pelas ventas.

— Vadias! Não me irão escapar!

Entre socos e pontapés, ele ainda mais injuriava e sobrava
até para os santos.

— Se pensam que os santos estão aí a protegerem, saibam
que santos não existem!

Quebrou a mesa de jantar e aproveitou o pé, como um instrumento de destruição.

— Também não existe Deus!

Arremessou o pedaço de pau da mesa contra a porta. Muitas vezes. Repetidos e intensos ataques. Ao mesmo tempo,
empurrava a porta com seu corpanzil nu e suarento. Ela pouco
se deslocava. Cada vez um pouco mais, sim. Mas seria preciso
uma boa abertura para que ele entrasse. Foi então que ele se
lembrou da arma vetusta.

— O bacamarte! O bacamarte!

Oh! Santos e Anjos do eterno, o que será agora?

Ainda havia pólvora. Procedeu como os velhos soldados
decadentes, até aprontar o seu instrumento de batalhas inúteis.
Mirar não seria necessário, pois o alvo era grande e estava
próximo. Mas apontou com a arma sobre os ombros. E fez-se
a covardia quando a poltrona bateu contra a parede e a porta
espatifou-se em várias partes de lenho. O homem jogou no chão
o bacamarte. Não mais seria preciso, somente as mãos livres
para bulir a presa lhe bastavam.

— Avó! Avó! Uma serpente horrenda se aproxima!

— Vai-te homem! Sai de nossa vida!

— Sai tu do meu caminho, velha! A guria é minha!

Eu respirava o mais profundamente que conseguia, a fazer tremer minhas estruturas e balançar meus pilares. Algumas janelas voaram. Agora, comigo um raio antes do trovão enfurecido. Então, vibrei os rebocos das paredes descascadas até que uma parte deslocasse. Mesmo na secular imobilidade, conseguia agora expandir-me, quando uma viga se soltou do teto e atingiu o meu alvo.

Caso tivesse calculado, não seria tão preciso e glorioso quando a imprevista guilhotina acertou em cheio e o decapitou, e a cabeça rolou no tapete encharcado enquanto o corpo desabou inanimado a ejacular os últimos espasmos nervosos. Não era do meu temperamento o sentimento da vingança, mas, dessa vez, com essa batalha ganha, e vendo o monstro a esvair-se em sangue, julguei ter feito a justiça. Apesar de tudo, lamentava o fim do cão Lanterna e me culpava por não ter sido tão atenta e agir da mesma forma.

No mundo, haveria tantas outras perversas criaturas a findar-se sob a minha inesperada guilhotina, sem o divino desígnio do Ser maior. Não cumpriria mais esse destino de extinguir os cruéis, mas me resignaria à minha condição menor de artefato a sujeitar-me aos desmandos dos humanos pensantes, que andam e deslocam-se para onde decidem os seus anseios.

— Avó, ele ainda vai nos xingar?

— Não, minha neta. Ele é só uma cabeça.

E o dia virou noite antes da hora. Em poucos instantes encontrava-me afogada na escuridão. Submersa em partículas inaláveis a entupirem cada vez mais minhas vias respiratórias, com os venenos dos dióxidos de enxofre e nitrogênio. Breu de líquidos e fumaça. Labirintos dentro de mim onde nem eu mesma me achava, o que diria da avó e sua neta.

— Onde está, avó, que já não a vejo?

— Devo estar por perto, mas também não a enxergo.

— Parece a noite sem lua. Venha me abraçar.

— Sigo o rumo da sua voz, fale mais alto!

E a menina cantava.

— Os lobos, as luas, os leões do ar/ o menino sem rodas que vem me levar... Os lobos, as luas, os leões do ar/ o menino sem rodas, quem vem me salvar...

E a sua garganta doía, e ela tossia, tossia, a não mais parar.

— Poupe sua voz, querida. Já vou pegar sua mão. Deite a cabeça em meu colo. Dorme.

— Não vejo você.

— Eu também.

— Estamos cegas, avó?

— Sim. Aqui, estamos cegas.

O calor era intenso e a fumaça subia. Minhas pernas e colunas bambeavam.

— Como iremos nos salvar se não nos vemos?

— Salve-se você, minha neta. Salve-se você.

— Mas não enxergo nem a porta nem a janela, e o mundo parece ter sumido.

Num raio de muita distância, era a noite profunda ao derredor. Sequer os pássaros por perto cantavam, as árvores já desmaiadas e as pedras ofuscadas pela treva. Com a força que conseguira para impedir o sujeito de realizar mais uma covardia, tentava me segurar para não desabar sobre as duas criaturas. Mas penoso era o meu esforço para manter-me casa e sólido abrigo. Aquela inabalável embarcação a singrar mares crespos de tormentas decerto eu já não seria, mas uma ilha sem raízes a mover-se sob os humores de um oceano perdido. Assim, eu estava a ir a pique.

— Avó, você está tão quente!

A mulher ardia em tanta febre que de seus panos já saía uma fumaça cor de chumbo. Decerto, ela padecia do mesmo mal que eu. Enquanto lutava para salvar-se e também a neta, seus pulmões se encharcaram de líquidos e gases. Estava obstruída e sem ar.

— Seus olhos parecem vermelhos, sua boca derrete!

— Minha neta... perdão.

Ela falava entre tosses secas sucessivas, enquanto expelia o sangue de seus pulmões incinerados.

— Onde estão suas mãos agora? Cheiram a carvão de lixo.

— Sai de perto, foge! Vou queimar!

Os cabelos da pequena por pouco não tostaram, se ela, ágil criança, não saísse de pronto.

— Avó! Avó! Você está pegando fogo! Não me deixe só!

Em chamas, acabou-se aquela mulher que, como tantas, não teve como tomar prumo do próprio destino e seguiu um parvo tosco, exemplo da ditadura inchada da vaidade ordinária.

A criança por pouco o fogo não a pega. O que mais haveria de vencer? A combustão, a água a subir, a fumaça a sufocar, a noite a cegar? Com esforço, a menina levantou-se. E, apoiando-se na parede, fez um *plié*. A melodia de uma flauta de Pã chegou de longe e abriu uma clareira de luar. Abriu-se um caminho estreito, mas plausível.

O meu espanto diante do mágico evento fez-me crer nas alucinações oportunas.

— *Saltê longê! Saltê longê!*

Comandava com o seu cetro a professora da escola das meninas bailarinas.

— Venha, Céu! Complete o círculo, está atrasada para a aula! *Allez!*

— *Oui. Oui. S'il vous plaît pardonnez-moi.*

— *Un, deux, trois. Croise devant! Un, deux, trois. Quatrième devant. A la seconde!*

E ela sorria uma alegria de quem alçava o seu sonho maior.

— *Viens, mes filles!*

A escola das meninas bailarinas da lua, que sua mãe a havia prometido um dia, na casa da claraboia, quando ambas avistavam o balé do mundo passar, qual um desfile da alegria distante.

Voar mais alto para avistar o futuro, por sobre as cumeeiras e os ombros das nuvens. Até que rumasse as próprias rédeas para outro destino. Livre para escolher. Livre para ser.

* * *

O meu aterramento alagava em meio à fumaceira escura, as muretas desfaziam-se em pedras de gelatina, base de meu corpo construção a deslizar, transformar-se em qualquer peça flácida em um terreno mole outrora maciço para a minha permanência de Coisa cuja solidez era uma prova da eternidade, mas não.

Pilares tremiam como pernas de náufrago. Todos aqueles, que conto em número de vinte forças, agora vinte varetas medrosas hesitantes, que deveriam sustentar uma grande história duradoura por onde habitaram todo tipo de belezas e arruinados e assassinos e singulares e exóticas criaturas e ainda os enfermos que me abandonaram para não deixarem em mim o rastro da morte.

Começaram pelos pés a se quebrarem, e depois as panturrilhas que já não andavam e foi subindo a fraqueza aos membros até cada vez mais acima, enquanto eu já não enxergava além de um palmo de pássaro à frente dos meus olhos de cimento e argila e areia tudo junto uma mistura antes rígida agora ruína. Minha cabeça telhado latejava na agonia de saber que seria o FIM sem a comiseração sequer de um poste por perto para dizer-me também de sua solidão e melancolia e a incerteza de um dia acabar atropelado e deixado para trás. Em meus pensamentos derradeiros pensava se também seria uma abandonada casa de destroços de uma arquitetura contemporânea dos príncipes sem séquitos ou dos homens movidos a carroça.

As colunas trincadas eram os meus arrepios de frio, enquanto as rachaduras nos tetos, as dores finais daquela moléstia que atacava as vias respiratórias do espaço porquanto até a estratosfera arruinava em surtos asmáticos, assim como os pássaros que não mais cantavam mas tossiam uma canção de coqueluches.

Argamassa tijolos paredes cimentos corpos sem partes carne e areia pilastras sangue arquitetura e esqueleto.

Nem o precipício amparou meus dejetos em fantasmas.

A memória. Uma procissão de circos e facas e capas compridas e cortinas que abriam para a magia e mais ainda uma vitrine de bonecas sem olhos a ver uma escritora ilusionista que equilibrava cabeças nas mãos e inventava o mundo que não se via depois. Aquele piano a voar ao redor dos meus escombros telhas cabeleiras embaraços o amor congelado lembrava-me dos beijos por trás dos vidros das frases a fugir para longe, assim como a música longínqua do efeito Doppler.

A febre.

Derreter seria o morrer? Cair de um sonho. Ruir a alma. Desprender-se de um braço de vento. Abater-se contra um punho de sangue.

Seria o morrer uma tragédia cômica?

Eu imaginava

   tuas gargalhadas

      enquanto eu desabava.

Estás a rir aí do outro lado da página, e apertas os olhos enquanto a boca abre em cascalhadas.

Aqui eu sofro como tu nem imaginas que uma casa possa, porque ruir é um grande espetáculo, uma Hiroshima que sobe qual um punho de desastres, destroços de aviões a causar uma revoada de aplausos, e, quando os trens se chocam, a humanidade se levanta para rir quando o extermínio de uns é a fortuna de outros. A minha derrocada nada importava aos ninguéns, porque não havia ninguém num raio de imensidões de pasto e árvores andarilhas, estas sim me rodeavam a tecerem lágrimas de enorme tristeza

não

se **conhece**

a **TrisTeza** das árvores

quando elas cantam é **porque** estão com **a angústia**

a transbordar

das folhas

e é por isso que

as folhas **c**a**e**m das ár**v**o**res** e **v**ã**o**

rolar no chão sozinhas sem família, sem pai, sem mãe.

Eu não sei quem foi o meu pai, talvez um arquiteto muito depressivo em surto psicótico cuja minha construção serviu para não morrer. Eu creio que ele deva ter tentado se atirar de um telhado alto enquanto me fazia, mas preferiu me concluir para depois **desaparecer**.

Fujam pinheiros, cães do mato, braquiárias, formigas, jardins, ossadas, ladrões sem braços, farrapos. Fujam, pedras!

Vou

Ruir

Sobre

Vossas

Almas

Como há de ser o estado terminal dos pombos? Será o mesmo das nuvens quando se transformam em outras ilusões? Sim. A felicidade do eterno.

Saturação **setenta por cento**
pressão sanguínea em **não detectável**
batimentos em **aceleração** progressiva
severa dispneia

OBNUBILAÇÃO

a stronau T a em que – da – n o

infi ni t o o o o o

Eu, a cas A

vetrp vlocidad aS mas

uniform ᴂ retrilrinea

ve t r o r **vetor**

        para o nunca mais
o nunca mais

amontoado de **pó**

     sou
    eu

    C2

  C2

   C_2

pó é o M**EU** NOME

EU

o **pó** DA *de***S**o**rd**e*m*

EU, PÓ.

$$\mathbf{AS = \frac{AQ}{T}}$$

$$AS > 0 \qquad\qquad AS \quad < 0$$

$$\mathbf{AS = \{ 1 \quad = dQ \atop aT(Q)}$$

$$Na_2 O_2 + H_2O_{(1)} \; - 4$$

$$Na\,0\,H_{(s)} + O_{2\,(g)}$$

$$MC^2 = \frac{MC^2}{1 -} = E$$

$$\frac{V}{2}$$

Nota da autora

Nasci em uma família de artistas. Meus pais eram escritores e meus irmãos são músicos. O filme antigo *Do mundo nada se leva* lembra a minha família de inventores, cada qual no seu laboratório. Desde menina escrevo poemas e componho canções, mas também observo os astros e espero a chegada da noite com seu teatro estelar.

Apesar da minha precoce vocação poética e musical, queria ser astrônoma, e, ao escolher minha profissão, decidi pela ciência, cursando a faculdade de física na intenção de aperfeiçoar-me na astrofísica.

No entanto, hoje reconheço que a minha paixão pelo mundo celeste não passava de um grande encantamento romântico. Seria, talvez, uma negação de mim mesma ou o desejo de trilhar outro rumo que não fosse o da arte familiar.

Assim, após graduar-me em física, abandonei-a como profissão e deixei-me levar pela minha verdadeira vocação. A poesia e a música.

E foi há quatro anos que comecei a escrever *O barulho do fim do mundo*.

Sempre quis contar, do meu jeito, a história da triste vida de uma parenta longíqua, que, desde jovem, fazia as tarefas domésticas de forma a não ter uma vida independente, sujeitando-se passivamente à exploração da mãe.

No decorrer do texto, o romance foi tomando seus próprios enredos e caminhos, e, quando percebi, estava escrevendo, não somente sobre a exploração infantil, mas também sobre a violência de modo geral.

Além da falta de empatia pelo sofrimento alheio, o sufocamento no qual fomos mergulhados durante a pandemia. As mortes sem rezas e sem covas. O medo.

Porém, de forma mais explícita, sobre aquela que todas nós mulheres já sofremos em algum momento das nossas vidas. A violência sexual.

Sem querer parecer panfletária, igualmente o assédio moral e a minimização do gênero feminino.

Sendo a poesia uma constante em grande parte da minha criação literária, o texto poético me possibilitou transitar pelo mágico e pelo mundo onírico, onde uma lógica muito particular dá verdade ao enredo.

Ao enviar os originais para a Editora Bertrand Brasil, esperei alguns meses pela avaliação e aprovação. Vivíamos o quase fim da pandemia, quando a ciência com a produção das vacinas nos permitiu retornar às nossas vidas.

Escrever um romance é aventurar-se em outras terras nunca visitadas. Enquanto a poesia me acolhe, o romance me faz trilhar uma rota que beira precipícios.

Para escrever *O barulho do fim do mundo*, decerto, arrisquei-me, não só na solidão do vazio cósmico, como na escuridão das moléstias, no submundo dos carrascos, e na desvalorização da vida.

Denise Emmer

Dados da autora

Denise Emmer nasceu no Rio de Janeiro. É poeta e musicista, bacharela em física e música (violoncelo) e pós-graduada em filosofia (*lato sensu*) pela UFRJ. É membro titular do PEN Clube do Brasil.

Participou de relevantes antologias da poesia brasileira, tais como *41 poetas do Rio*, organização de Moacyr Félix e apoio do Ministério da Cultura; *Antologia da Nova Poesia Brasileira*, organização de Olga Savary, Editora Hipocampo; *Poesia sempre*, Fundação Biblioteca Nacional; *O signo e a sibila — ensaios*, Ivan Junqueira, Editora Topbooks; *Ponte poética Rio-São Paulo*, Editora 7Letras; bem como das revistas *Eleven Eleven California College of the Arts* (EUA), *Newspaper Surreal Poets* (EUA), *Revista da Poesia*, *Metin Cengiz* (Turquia) e *Revista Crear in Salamanca* (Espanha), traduzida pelo poeta Alfredo Pérez Alencart.

Participou do XXIV Encuentro de poetas ibero-americanos, em 2021, promovido pelo poeta e professor Alfredo P. Alencart, da Universidade de Salamanca, Espanha.

Publicou duas obras em Portugal. *Lampadário*, Editora Chiado (2018), e *O cavalo cantor e outros contos*, Editora Gato Bravo (2020).

Ganhadora de relevantes prêmios literários, tais como, Prêmio Alceu Amoroso Lima Poesia e Liberdade 2021, Prêmio Associação Paulista dos Críticos de Arte APCA, Prêmio José Marti UNESCO (conjunto da obra), Prêmio Pen Clube do Brasil (poesia) e Prêmio Pen Clube do Brasil (romance), Prêmio Olavo Bilac (ABL), Prêmio ABL de Poesia 2009, entre outros.

Obras

Geração estrela (Paz e Terra, 1976, prefácio de Moacyr Félix) — poesia

Flor do milênio (Civilização Brasileira, 1981) — poesia

Canções de acender a noite (Civilização Brasileira, 1982) — poesia

A equação da noite (Philobiblion, 1985) — poesia

Ponto zero (Globo, 1987, prefácio de Antônio Houaiss e posfácio de Olga Savary) — poesia

O inventor de enigmas (José Olympio, 1989, prefácio de Ivan Junqueira) — poesia

Invenção para uma velha musa (José Olympio, 1990, prefácio de Nelson Werneck Sodré) — poesia

Teatro dos elementos & outros poemas (7Letras, 1993, prefácio de Rachel de Queiroz) — poesia

O insólito festim (Nova Fronteira, 1994, prefácio de Rachel de Queiroz) — romance

Cantares de amor e abismo (7Letras, 1995) — poesia

O violoncelo verde (Civilização Brasileira, 1997, prefácio de Sérgio Viotti) — romance

Poesia reunida (Ediouro, 2002)

Memórias da montanha (Ediouro, 2006) — biografia romanceada

Lampadário (7Letras, 2008, prefácio de Alexei Bueno) — poesia

Assombros & perdidos (7Letras, 2011, prefácio de Frederico Gomes) — poesia

Poema cenário (Editora de Cultura, 2013) — poesia ilustrada

Poema cenário e outros silêncios (7Letras, 2015) — poesia

Discurso para desertos (Escrituras Editora, 2018, prefácio de Sérgio Fonta e orelhas Carlos Nejar) — poesia

Lampadário (Editora Chiado, Portugal, 2ª edição, 2018) — poesia

O cavalo cantor e outros contos (Espelho d'alma, 2019, prefácio de Álvaro Alves de Faria)

O cavalo cantor e outros contos (Gato Bravo, Portugal, 2ª edição, 2020)

O secreto silêncio do amor (coautoria com Álvaro Alves de Faria, Editora Penalux, 2021, prefácio Thereza Rocque da Motta) — poesia

O amor imaginário (7Letras, 2022, prefácio de Álvaro Alves de Faria e orelhas de Alexei Bueno) — poesia

Este livro foi composto na tipografia
Sabon LT Pro, em corpo 12/18, e impresso em
papel off-white no Sistema Digital Instant Duplex
da Divisão Gráfica da Distribuidora Record.